Bernd Schreiber

Mister Fantastic & Miss World

Turbulente Zeiten

Bernd Schreiber wurde 1952 in der Pfalz geboren. Bevor er mit dem Schreiben von Kinder- und Jugendbüchern begann, arbeitete er als freier Journalist für verschiedene Medien. Inzwischen hat er mehrere Bücher veröffentlicht. Er lebt in Worpswede, liebt den Humor in der angelsächsischen Literatur und bevorzugt das Leben in der Provinz.
Weitere Titel von Bernd Schreiber bei dtv junior: siehe Seite 4

Bernd Schreiber

Mister Fantastic & Miss World Turbulente Zeiten

Mit Vignetten von Barbara Scholz

Deutscher Taschenbuch Verlag

Von Bernd Schreiber ist außerdem bei dtv junior lieferbar:
Mister Fantastic & Miss World, dtv junior 70624

Originalausgabe
In neuer Rechtschreibung
Januar 2003

www.dtvjunior.de
Umschlagkonzept: Balk & Brumshagen
Umschlagbild: Barbara Scholz
Lektorat: Anja Kemmerzell
Satz: Fotosatz Reinhard Amann, Aichstetten
Gesetzt aus der Akzidenz Grotesk und ITC Galliard 11,5/13,5˙
Druck und Bindung: Ebner & Spiegel, Ulm
Printed in Germany · ISBN 3-423-70744-5

Das Ende vom Lied

JENNY Schade, Finn war für mich eigentlich der ideale Ehemann, so rücksichtsvoll und lieb, und ich dumme Kuh habe alles vermasselt. Das werde ich mir bis an mein Lebensende nicht verzeihen! So einem wunderbaren Mann wie Finn begegne ich bestimmt nie wieder. Nicht auf diesem Planeten. Die Nächte ohne ihn werden einsam sein. Ich musste plötzlich heulen. Die Tränen kullerten nur so die Wangen runter, genau auf meinen Bettbezug, den ich gerade abgezogen hatte. Im Gegensatz zu Finn hatte ich bereits alles, was mir gehörte, ausgeräumt und in mein Zimmer zurückgebracht. Nur der Bettbezug fehlte noch.

Mit Tränen in den Augen blickte ich mich ein letztes Mal in unserer gemeinsamen Wohnung um. Das soll es also gewesen sein? Ich konnte es immer noch nicht so recht glauben. Wehmut kam auf. Wehmut nach Finn. Nach seiner elektrisierenden Nähe. Seiner weichen Stimme. Seinem verschwitzten Gesicht, wenn er erschöpft vom Fußballtraining kam. Mir wurde so eng ums Herz, dass ich für einen Augenblick in Atemnot geriet und nach Luft schnappen musste. Dass ich einmal diesen ekeligen, fettigen Geruch nach gebratener Salami vermissen würde, hätte ich niemals für möglich gehalten. Ich wäre sogar bereit gewesen freiwillig mit ihm diese langweilige Formel 1 im Fernsehen anzusehen. Hauptsache, wir wären wieder ein Paar, denn ich liebte ihn noch immer. Die Zeit mit ihm war die schönste meines Lebens. Bloß leider viel zu kurz. Könnte ich doch nur mit dem Finger schnippen und alles ungeschehen machen. Oder die Zeit zurückdrehen, bis zu dem Tag, wo Finn mich nach unserer Hochzeit über die Schwelle trug. Ach, was würde ich darum geben, könnten wir noch einmal von vorn anfangen …

FINN Meine Anlage war noch im Haus. Die wollte ich natürlich wieder in meinem Zimmer haben. Aber ohne den Schlüssel kam ich nicht rein. Was also tun? Drüben bei Schenks klingeln? Womöglich öffnete Jenny die Tür. Auf diese Begegnung konnte ich gern verzichten. Nicht so auf meine Anlage. Ich fasste in meine Hosentasche und förderte ein Kaugummi mit Kirschgeschmack zutage. Genau das Richtige, um kleine, nervige Schwestern zu ködern. Ich ging zu Leonie und fragte sie, ob sie sich ein Kaugummi verdienen wolle.

»Ist da auch ein Abziehbild dabei?«, fragte sie misstrauisch statt sich über das großzügige Angebot zu freuen.

»Klar!«, schwindelte ich.

»Was denn für eins?«

»Der Goldene Ritter!« Ich wusste, dass sie auf den Goldenen Ritter so scharf war wie eine Amsel auf einen fetten Regenwurm.

Offensichtlich befürchtete Leonie, ich beabsichtigte sie übers Ohr zu hauen, denn sie wollte, dass ich ihr das Abziehbild zeigte. Ich fand ihr Misstrauen geradezu beleidigend. Als wäre ich dafür berüchtigt, kleine Kinder aufs Kreuz zu legen.

»Ich packe doch das Kaugummi nicht vorher aus!«, sagte ich. Demonstrativ warf ich es einige Male in die Höhe und fing es wieder auf. »Na, was ist?«, drängte ich sie zu einer Entscheidung.

Endlich dackelte sie davon. Ich grinste in mich hinein. Man muss sich eben nur zu helfen wissen.

Leonie brachte tatsächlich den Schlüssel. Fast hätte ich sie abgeküsst.

»Und das Kaugummi?«, meinte sie, als ich die Hand nach dem Schlüssel ausstreckte.

Ihr ewiges Misstrauen grenzte fast schon an Majestätsbeleidigung. »Da!«, sagte ich und warf ihr das Kaugummi vor die Füße, während ich gleichzeitig den Schlüssel an mich riss.

Leonie bückte sich nach dem – wie sie annahm – Goldenen Ritter.

Ich machte mich auf, um meine Anlage zu holen.

»Da ist ja gar kein Goldener Ritter drin!«, rief Leonie empört, kaum dass ich auf Jennys Grundstück war.

Ich drehte mich nach ihr um. »Ich soll dir vom Goldenen Ritter ausrichten, dass er es furchtbar eilig hatte!«, lachte ich.

»Du hast mich reingelegt!«, heulte Leonie. »Das erzähl ich Mama!«

»Sei froh, dass der Goldene Ritter dein Kaugummi nicht mitgenommen hat!«, rief ich ihr zu und überließ sie ihrem Schicksal. Sollte sie von mir aus zu Silke rennen, Hauptsache, ich war im Besitz des Schlüssels.

Ich verlor keine Zeit, marschierte auf dem kürzesten Weg zu unserem ehemaligen Liebesnest, schloss eiligst die Tür auf und huschte in die Wohnung. Es hatte sich fast nichts verändert – als würde ich hier noch immer mit Jenny wohnen. Schade eigentlich.

Schade? Spinnst du? Vorbei ist vorbei! Du hast deine Freiheit wieder!

Meine Freiheit! Wie wahr! Endlich konnte ich wieder Pizza mit Salami essen, ohne dass mir jemand durch seinen vorwurfsvollen Blick den Appetit verdarb. Und morgens brauchte ich nicht mehr in ein muffeliges Gesicht zu schauen oder mir einen abbrechen, damit Miss World mal lächelte. Miss World! Ha! Vor allem musste ich mir nicht mehr rund um die Uhr das Gejaule von diesem eingebildeten Affen namens Richie mit anhören – ich war wieder mein eigener DJ. Das Leben fing noch mal von vorne an! Yeah! So gesehen hatte ich ganz schön Dusel gehabt.

Ich machte mich gerade an der Anlage zu schaffen, als plötzlich die Haustür aufgeschlossen wurde. Jenny! Wer sonst! Ich kriegte einen Wahnsinnsschreck und wollte mich in Deckung werfen, fand aber keine Möglichkeit, also spurtete ich zum Klo, wo ich mich einsperrte. O Mann, war das knapp! Ich drosselte die Atmung auf null, presste mein Ohr gegen die Tür und horchte.

Es war nichts zu hören, sosehr ich meine Lauscher auch anstrengte. Mindestens drei, vier Minuten verharrte ich auf diese Weise, ohne dass sich etwas tat. War Jenny schon wieder weg und ich hatte es nur nicht bemerkt? Ich wollte gerade die Luft für rein erklären, da wurde die Türklinke nach unten gedrückt.

»Finn?«, hörte ich Jennys Stimme ganz dicht an meinem Ohr.

Mein Herz ergriff sofort die Flucht.

»Finn?«, rief Jenny erneut.

Nun konnte ich nicht so tun, als befände ich mich gerade auf einer Fotosafari in Südafrika. »Ähm, ja?«, krächzte ich vom Rand der Badewanne aus, wohin ich mich zurückgezogen hatte.

»Ich bringe dir deine CD wieder«, sagte Jenny durch die Tür. »Ich hatte sie aus Versehen eingepackt.«

»Ah, ja!«, sagte ich. Dass sie eine CD von mir hatte, war mir noch gar nicht aufgefallen. Aber deswegen hätte sie mir nicht extra nachsteigen müssen, sie hätte die Scheibe genauso gut mit der Post schicken können.

»Wo soll ich sie hinlegen?«, fragte mich Jenny.

»Ähm, mir egal!«, antwortete ich.

»Ich lege sie auf den Tisch, okay?«

»Hm!«, antwortete ich.

Dann war wieder Ruhe. Ich saß noch immer auf dem

Rand der Badewanne und kam ins Grübeln. War es eigentlich normal, sich vor der Exfrau – beziehungsweise Noch-Ehefrau – im Badezimmer einzuschließen, oder war es allmählich an der Zeit, dass ich mir um meinen Geisteszustand Sorgen machte? Ob ich mich nicht doch mal vertrauensselig an einen Psychiater wenden sollte?

Jenny kam wieder. Hatte sie nichts zu tun oder weshalb vertrödelte sie hier die Zeit? »Ich habe die CD auf den Tisch gelegt!«, sagte sie.

»Hm!«, entgegnete ich.

»Dann gehe ich jetzt!«, sagte Jenny.

Täte sie es doch endlich! »Hm!«

Ich schlich zur Tür und stellte meine Lauscher auf höchste Leistung. Zu meiner Zufriedenheit hörte ich, wie kurz darauf die Haustür ins Schloss fiel. Ich ging auf Nummer sicher, ließ noch eine halbe Minute verstreichen, dann schloss ich das Badezimmer auf und lugte durch den Spalt. Jenny schien tatsächlich weg zu sein. Erst jetzt legte sich die Anspannung. Ich fühlte mich schlaff wie ein Fußball, aus dem die Luft entweicht.

Mitten auf dem Tisch lag die CD. Es war die von den *Three Boys'n Trouble*. Meine Lieblings-CD. Ihren Verlust hätte ich nur schwer verkraftet. Eigentlich nett, dass Jenny sie mir gebracht hatte.

Nett? Hast du sie noch alle? Guck lieber nach, ob die Scheibe wirklich in der Hülle ist!

War sie, wie ich mit einiger Erleichterung feststellen konnte.

Jetzt sieh zu, dass du in die Hufe kommst.

Ich legte die CD auf den Tisch und ging ins Schlafzimmer. Jenny hatte ihre Bettwäsche bereits abgezogen. Sie hatte es ja mächtig eilig gehabt. Konnte es wohl kaum abwarten, dass alles wieder drüben bei ihr war.

Plötzlich stand sie hinter mir und sprach mich an. Ich hatte nicht einmal die Gelegenheit, unters Bett zu hechten. Beinahe wären mir die Knie weggesackt.

»Ich wollte dir nur sagen, du hast den Hausschlüssel stecken lassen!«, meinte Jenny. »Nicht dass du ihn die ganze Zeit suchst.«

Sie hielt mir den Schlüssel hin. Ich nahm ihn und dabei berührten wir uns zufällig. Ich war wie elektrisiert. 100 000 Volt waren nichts dagegen. Ich konnte froh sein, dass ich nicht als Aschehäufchen zu ihren Füßen lag. »Danke«, krächzte ich.

»Bitte!«, säuselte sie.

O Mann, diese Frau hatte nichts von ihrer Schönheit eingebüßt. Neben ihr hätte die wahre Miss World wie eine Vogelscheuche ausgesehen.

He, nun mach mal halblang! Du vergisst wohl, dass sie dich betrogen hat!

In der Tat: Vor mir stand Jenny – Jenny, die Betrügerin! Jenny, zu der ich kein Vertrauen mehr hatte. Jenny, der ich es zu verdanken hatte, dass ich wieder am Rockzipfel meiner Mutter hing. Und außerdem: So toll sah sie nun auch wieder nicht aus.

JENNY Der Schlüssel war bloß ein Vorwand gewesen. Ich wollte unbedingt noch einmal in Finns hübsche Augen schauen, damit ich heute Nacht besser von ihm träumen konnte. Er war richtig schüchtern. Süß.

Reiß dich zusammen, Jenny! Und fang jetzt bloß nicht wieder an zu heulen! Du machst dich sonst nur lächerlich!

Finn hatte damit begonnen, das Bett abzuziehen.

»Soll ich dir helfen?«, fragte ich ihn.

»Schaffe ich schon allein!«, antwortete Finn.

Ich sah ihm zu. Finn verzog nicht eine Miene.

»Ich finde es doof, dass Papa und Mama das Haus verkaufen wollen!«, sagte ich, weil mich die Stille zu erdrücken drohte.

Finn blieb stumm wie ein Fisch.

»Hoffentlich ziehen nicht so bescheuerte Leute ein wie unsere letzten Feriengäste«, redete ich einfach weiter. »Die hatten an allem was rumzumeckern. Dann packe ich aber meine Koffer und ziehe zu meiner Tante nach Berlin!«

Finn sagte noch immer keinen Ton. Als wäre es ihm wurst, ob wir uns nie mehr sehen würden. Berlin war viele Hundert Kilometer weg.

»Du hast es gut«, fuhr ich fort. »Du könntest zur Not zu deinem Opa ziehen und weiter in dieselbe Schule gehen.«

»Wenn, dann würde ich zu meinem Vater ziehen!«, sagte Finn, der mit dem Bettenabziehen fertig war.

Meinem Herz versetzte es einen Stich – als wäre es bereits beschlossene Sache.

Finn ging mit der Bettwäsche ins Wohnzimmer und legte sie auf den Sessel.

Mir fiel ein, dass er schon länger nicht mehr bei seinem Vater war. »Besuchst du ihn bald wieder?«, fragte ich Finn.

»In den Sommerferien«, antwortete er. »Die ganzen sechs Wochen!«

»Echt? Die ganzen Ferien?« Ich stand wie unter Schock. Sechs Wochen ohne Finn! Sechs Wochen würde ich nicht in seiner Nähe sein! Sechs Wochen ohne seine Stimme zu hören! Wie sollte ich das verkraften? Mir wurde richtig schwarz vor Augen.

Fall jetzt bloß nicht in Ohnmacht!

»Steht das denn schon fest?«, fragte ich ihn und suchte am Türrahmen Halt.

»Zu tausend Prozent!«, antwortete Finn.

FINN Nichts davon stimmte. Papa würde sich bedanken, wenn er mich sechs Wochen in seinem Haus in Ostfriesland ertragen müsste. Ich hatte das nur gesagt, um Jenny klar zu machen, dass es auch ein Leben ohne sie gab. Daran würde sie bestimmt eine Weile zu kauen haben.

»Papa nimmt mich sogar drei Wochen mit nach Norwegen!«, log ich. »Er hat extra ein Haus gemietet! Ein Boot haben wir auch. Damit können wir mitten im Fjord angeln.« Es machte richtig Spaß, ihr Märchen zu erzählen. Zumal Jenny immer blasser wurde.

»Kommt Leonie auch mit?«, erkundigte sie sich.

»Die fährt wahrscheinlich mit Silke nach Österreich.«

»Sechs Wochen!«, seufzte Jenny.

»Ich freue mich schon riesig auf die Sommerferien!«, entgegnete ich ungerührt. »Wird bestimmt ganz lustig!« Ich bückte mich nach der Anlage, um sie nach drüben zu tragen. Die Boxen und die Bettwäsche würde ich als Nächstes holen.

»Warte, ich mache dir die Tür auf!«, sagte Jenny und eilte zur Haustür.

»Bis morgen«, sagte sie, als ich an ihr vorüberging. »Ich hole dich dann ab!«

»Brauchst du nicht!«, sagte ich. »Ich fahre ab morgen mit dem Rad zur Schule.« Ich hatte mir das lange überlegt. Fehlte nur noch der Segen von Silke.

»Du fährst nicht mehr mit dem Bus?« Jennys Augen hatten plötzlich so etwas Schreckhaftes.

»Busfahren ist langweilig!«, entgegnete ich. »Außerdem muss ich wieder mehr Sport treiben. Ich will mit Papa in Norwegen über die Pässe wandern. Da muss ich unbedingt fit sein.«

»Das trifft sich gut«, sagte Jenny. »Ich muss auch etwas für meine Fitness tun. Ich bin schon ganz eingerostet. Dann hole ich dich morgen früh mit dem Fahrrad ab.«

»Ähm, ja, von mir aus«, stammelte ich. Verdammt, dass sie mich so überrumpeln würde, konnte ich wirklich nicht ahnen.

Endlich solo

JENNY Ich war mit Melli verabredet, obwohl ich keine so große Lust hatte. Melli war verliebt. Mal wieder. Entweder hasste sie die Jungs oder sie vergötterte sie. Ein normaler Umgang mit dem anderen Geschlecht schien für sie jenseits aller Vorstellungskraft zu sein. Diesmal war Malte der Mann ihrer Träume, der Bruder von Isabelles Freund, von Mellis Schwester also. Melli redete nur noch von ihm. Malte hier, Malte da. Ich konnte es nicht mehr hören. Dabei war er schon sechzehn! Typisch Melli. Immer verliebte sie sich in Jungs, bei denen sie von vornherein keine Chance hatte. Entweder waren sie bereits vergeben oder Melli war nicht ihr Typ oder sie waren eindeutig zu alt. So wie dieser Malte. Hoffentlich schwärmte sie mir nicht wieder stundenlang etwas von ihm vor. Ich war dazu nicht in Stimmung. Ich hatte genug mit mir zu tun, mit mir und Finn und meinen fiesen Eltern. Ich kam einfach nicht darüber hinweg, dass Papa und

Mama mir nicht erlaubten statt mit dem Bus mit dem Fahrrad zur Schule zu fahren. Wie Finn. Jetzt konnte ich nicht einmal mehr morgens mit ihm zusammen sein. Wenn das keine zum Himmel schreiende Ungerechtigkeit war! Und das, obwohl ich Papa und Mama gedroht hatte nur noch mit Fünfen und Sechsen nach Hause zu kommen, wenn sie bei ihrer Entscheidung blieben. Selbst die Drohung, meine langen Haare abzuschneiden, konnte sie nicht umstimmen. Ganz zu schweigen von den bitteren Tränen, die ich literweise vergossen und damit fast die ganze Wohnung unter Wasser gesetzt hatte.

Die Klingel hatte mein Erscheinen kaum angekündigt, da fiel mir Melli auch schon um den Hals. »Er hat angerufen!«, jubelte sie. »Er hat angerufen!«

»Wer?«, wollte ich wissen.

»Na, dein Ex-Mann bestimmt nicht!«, antwortete Melli.

Was war sie wieder lustig!

»Malte natürlich!«

»Malte? Wer ist Malte?«, stellte ich mich dumm.

Doch Melli war nicht so leicht aus der Fassung zu bringen, nicht wenn sie bis über beide Ohren verliebt war. »Ich glaub's nicht!«, jubelte sie. »Ich habe mit ihm gesprochen! Stell dir das mal vor!« Melli schleppte mich in ihr Zimmer, als befürchtete sie, ich könnte davonlaufen, wenn sie wieder von ihrem Malte schwärmte.

Wir sanken beide auf ihre Couch.

»Ich bin ja so glücklich!«, jauchzte Melli.

Dass sie immer gleich so abheben musste. Wäre ich doch nur zu Hause geblieben. »Wann willst du denn mit ihm gesprochen haben?«, fragte ich sie. Vielleicht hatte sich ja alles nur in ihrer Fantasie abgespielt.

»Eben! Am Telefon!«

»Wieso sollte er dich angerufen haben?«

»Er dachte, Yannick, sein Bruder, wäre bei uns. Er wollte irgendetwas Wichtiges von ihm.«

»Verstehe, dann war das mehr ein zufälliges Gespräch!«, schlussfolgerte ich nüchtern. Vielleicht kam sie ja wieder zur Besinnung, wenn ihr das bewusst wurde.

Kam sie aber nicht. Im Gegenteil. »Er hat so eine süße Stimme, richtig sexy!«, sülzte sie.

»Du spinnst!«

»Du bist ja bloß neidisch!«

»Neidisch? Der wäre mir viel zu alt.«

»Du hast ja keine Ahnung!«, sagte Melli. »Ältere Jungs sind nicht so albern. Und sie haben mehr Erfahrung.« Melli starrte verträumt zur Decke. »Vom Küssen zum Beispiel.«

»Na, wenn's dich nicht stört, dass er schon tausend andere Mädchen geküsst hat!«, entgegnete ich.

»So ein Typ ist Malte nicht!«

»Woher willst du das wissen? Du kennst ihn doch überhaupt nicht!« Sie hatte ihn nur ein einziges Mal gesehen. Das war, als Yannick Isabelle mit dem Auto abholte und Malte auf dem Rücksitz saß. Melli war sofort hin und weg. Seitdem ist Malte ihr Märchenprinz. Und seitdem war ich ständig damit beschäftigt, sie von ihrer rosaroten Wolke runterzuholen, sonst schwebte sie eines Tages noch bis nach Kanada, wo es bestimmt auch nette Jungs gab, aber eben nicht ihren über alles geliebten Malte.

»Wie war das eigentlich, als du Finn zum ersten Mal geküsst hast?«, wollte Melli wissen.

»Das habe ich dir doch schon hundertmal erzählt!«, stöhnte ich.

»Dann erzähl es eben noch mal!«, verlangte sie.

Ausgerechnet jetzt! Wo zwischen Finn und mir alles so kompliziert war. Ich sah die Szene genau vor mir, als wäre es erst gestern gewesen: wie Finn mich unter der Eiche auf einmal so merkwürdig ansah und wie die Erde plötzlich aufhörte sich zu drehen – nur für uns beide – und wie sich dann unsere Lippen berührten und ich vor Glück die ganze Welt hätte umarmen können. Es war mein erster Kuss mit Finn gewesen, mein allererster Kuss mit einem Jungen überhaupt. »Es war schön!«, seufzte ich und schon hatte die Erinnerung daran mein Herz zum Schmelzen gebracht. »Schön ist gar kein Ausdruck. Einfach himmlisch! Traumhaft! Einzigartig! Noch in hundert Jahren werde ich mich an diesen Augenblick erinnern!«

»So stelle ich mir auch meinen ersten Kuss mit Malte vor!«, seufzte Melli.

»Aus deinem ersten Kuss wird nie was!«, holte ich sie in die Wirklichkeit zurück. »Weil du dich immer in die falschen Jungs verliebst!«

»Mit Malte wird es klappen. Das spüre ich.«

»Wie denn?«, entgegnete ich höhnisch. »Hat er dich etwa ins Kino eingeladen?«

»Das nicht«, antwortete Melli unbeirrt. »Aber vielleicht fand er mich ja am Telefon so toll wie ich ihn und er ruft mich wieder an.«

»Oh, Melli, du machst mich noch wahnsinnig!«, stöhnte ich. »Und was ist, wenn er eine Freundin hat?«

»Hat er aber nicht!«, entgegnete Melli. »Isabelle hat sich bei Yannick extra für mich erkundigt.«

»Ich gebe es auf!«, sagte ich.

»Ich nicht!«, sagte Melli schnippisch.

Ihr war echt nicht zu helfen. Aber nachher wieder jammern, wenn es schief ging.

Auf dem Tisch lag ein Buch, das sich Melli von der Bibliothek ausgeliehen hatte. Ich hatte es ihr empfohlen. »Wie fandst du es?«, erkundigte ich mich. Ich hatte keine Lust mehr, noch länger über diesen Malte zu reden, über einen Jungen, der mit Sicherheit von ihr so wenig wissen wollte wie ein Vegetarier von einem Hamburger.

»Der Schluss war blöd!«, sagte Melli. »Ich würde meiner besten Freundin nie den Freund wegschnappen!«

»Aber er hat diese Steffi nie wirklich geliebt!«, wandte ich ein. Das Buch handelte von zwei Freundinnen, Steffi und Birte, die denselben Jungen lieben. Während Birte Markus heimlich anhimmelt, buhlt Steffi ganz ungeniert um ihn, bis er schließlich nachgibt und mit ihr geht. Birte gibt sich zunächst geschlagen, dann funkt es doch noch zwischen ihr und Markus und Steffi hat überraschenderweise das Nachsehen.

»Trotzdem!«, meinte Melli. »Dann hätte er Steffi die Wahrheit sagen sollen, bevor er was mit ihrer besten Freundin anfängt!«

Vielleicht hatte Melli Recht und Markus hatte Steffi bloß benutzt. Obwohl er durchaus zu den Jungen gehörte, in die man sich verlieben konnte. Aber an Finn kam er nicht heran. An Finn kam keiner heran. Finn! Nie wieder werde ich einen Jungen so lieben. Ohne ihn wird mein Herz garantiert bald Rost ansetzen.

Ich nahm das Buch in die Hand und klappte zufällig den Rückendeckel auf, wo der Zettel mit den Ausleihfristen klebte. Anhand des letzten Stempels konnte ich erkennen, dass Melli die Frist überzogen hatte. Ich machte sie darauf aufmerksam.

»O nein, nicht schon wieder!«, jammerte sie und schlug sich an den Kopf. »Diesmal muss ich bestimmt Strafe zahlen!«

FINN Ich saß ganz gemütlich auf der Couch und sah mir einen Comicfilm an. In der Hand hielt ich eine Tüte Chips, aus der ich mich nach Herzenslust bediente. Niemand da, der an mir rummäkelte. Ich konnte wieder ganz der alte Finn Meyer sein! Jenny hätte bestimmt einen Aufstand gemacht und verlangt, dass ich den Fernseher abstelle. Was war ich froh, dass diese Zeiten vorbei waren und ich keine psychischen Schäden davongetragen hatte, denn für die seelische Entwicklung eines Mannes gibt es nichts Schädlicheres als den ganzen Tag von der eigenen Frau herumgescheucht zu werden. Frauen verstehen einfach nicht, dass ein Mann auch mal seine Ruhe haben will. Nur weil man fernsehen möchte, glauben sie gleich, man liebe sie nicht mehr, und dann töten sie einem mit ihrem Gejammere den Nerv. Bis sie es geschafft haben, dass man am liebsten die Koffer packen möchte. Was ich schließlich ja auch getan hatte.

»Prost, Jenny!«, murmelte ich, setzte die Flasche mit dem Eistee an den Mund, beförderte circa zwei, drei Zehntel Liter des Inhalts an seinen Bestimmungsort, der sich wiederum für die erstklassige Beköstigung auf seine Weise bedankte: mit einem kräftigen Rülpser durch die Meyer'sche Speiseröhre. »Aber nicht doch, Finn!«, hätte sich Jenny wieder beschwert und mich mit Vorwürfen überhäuft. Aus Freude über meine Freiheit schickte ich gleich noch ein paar Rülpser hinterher. Das Leben war endlich wieder lebenswert.

Ich schaufelte gerade genüsslich eine Handvoll Chips in mich hinein, als Silke mit Leonie nach Hause kam.

»Hallo, Schatz, ich bin wieder da!«, rief sie. Das tat sie fast immer, wenn sie von der Arbeit zurückkehrte. Silke war Kindergärtnerin und leitete den städtischen Kindergarten.

Früher bin ich gleich zu ihr gestürmt, wenn ich ihre Stimme hörte, aber in meinem Alter macht man sich nur lächerlich, wenn man wie ein Küken dem Lockruf seiner Mutter folgt.

»Finn?«, rief Silke.

Ich hätte mich ja gern gemeldet, doch mein Mund verlangte unbedingt nach einer neuen Ladung Chips.

Leonie entdeckte mich als Erste. »Finn ist im Wohnzimmer und guckt Fernsehen!«, rief sie und starrte auf den Bildschirm, als hätte sie in ihrem Leben noch nie einen Comicfilm gesehen.

Silke ließ nicht lange auf sich warten. »Da steckst du!«, sagte sie.

Ich erwiderte nichts. Das Geschehen auf dem Bildschirm erforderte meine ganze Aufmerksamkeit.

»Was hältst du eigentlich von einer anständigen Begrüßung?«, meinte Silke.

Dagegen war nichts einzuwenden. »Hi!«, entgegnete ich und blickte weiter auf den Bildschirm.

»Vielleicht guckt der Herr mich dabei an!«, nörgelte sie.

Ich tat ihr den Gefallen, verschwendete allerdings nicht allzu viel Zeit damit – ich wollte auf keinen Fall die entscheidenden Szenen verpassen.

Silke musste irgendetwas in den falschen Hals bekommen haben, sonst wäre sie nicht hingegangen und hätte den Fernseher abgestellt. Einfach so. Ohne jegliche Vorwarnung.

»He, was soll das?«, empörte ich mich. Solche Scherze konnte sie mit Leonie machen. Mir fehlte dazu der Humor.

»Ich kann es nun mal nicht leiden, wenn ich nach Hause komme und mich mein eigenes Kind ignoriert!«, erklärte Silke.

Dass sie immer alles gleich so persönlich nehmen musste. »Und ich kann es nicht leiden, wenn jemand ohne mich zu fragen den Fernseher abstellt!«, konterte ich und bedankte mich bei ihr mit einem bösen Blick.

»Und ich, mein Lieber, kann es nicht leiden, wenn man sich ohne meine Erlaubnis vor den Fernseher setzt!« Silke lächelte mich gefährlich an.

»Du warst ja nicht da!«, klärte ich sie auf. »Also konnte ich dich auch nicht fragen!« Eins zu null für mich, würde ich sagen.

»Dann darf ich den Herrn daran erinnern, dass wir eine Abmachung haben!«, entgegnete Silke.

Mir war so, als hätten wir uns einmal über etwas Derartiges unterhalten. Es muss Jahre her gewesen sein. Auf jeden Fall noch vor meiner Ehe mit Jenny. »Was für eine Abmachung?«, stellte ich mich unwissend.

»Leonie, erzähle deinem großen Bruder, welche Abmachung ich meine!«, sagte Silke.

»Kein Fernsehen ohne vorherige Erlaubnis von Mama!«, verkündete Leonie stolz und guckte mich an, als erwartete sie, dass ich ihr dafür das Bundesverdienstkreuz in Gold verlieh.

»Mich wundert sowieso, dass du fern siehst«, meinte Silke. »Früher hattest du keine Langeweile.«

Ich hätte mein Hemd verwettet, dass sie auf etwas ganz Bestimmtes anspielte.

»Als du noch mit diesem Mädchen ... mit dieser Dings ... na wie heißt sie noch mal? Jetzt habe ich doch tatsächlich ihren Namen vergessen. Diese ... diese, ähm ... nun hilf mir doch mal, Finn! Das Mädchen, das du erst neulich geheiratet hast!«

»Jenny!«, rief Leonie.

»Ja, richtig!« sagte Silke. »Als du noch mit Jenny zusammen warst.«

Ha, ha, ha! Selten so gelacht. »Ich habe keine Langeweile!«, entgegnete ich. »Kann ich jetzt weitergucken?«

»Kannst du nicht!«

»Warum nicht?«

»Weil ich dann auch Leonie die Erlaubnis geben müsste. Und dieser Film ist nichts für sie! Folglich könnt ihr ihn euch beide nicht anschauen, weil es ungerecht wäre, wenn ich nur dich gucken ließe!«

Erwachsene und Pädagogik! Es gibt kein dunkleres Kapitel in dem eh schon von schweren Schicksalsschlägen gebeutelten Leben eines jungen Menschen.

»Und die Tüte Chips da war eigentlich nicht für dich allein bestimmt!«, fuhr Silke nörgelnd fort.

Was hackte sie so auf mir herum? Hatte sie vergessen, dass ich ihr einziger und liebster Sohn war?

»Hast du überhaupt schon deine Hausaufgaben gemacht?«

»Wir hatten heute zwei Stunden Sport und sonst fast nur Vertretung«, antwortete ich.

»Dieses *fast* würde mich näher interessieren«, meinte Silke. »Könnte das vielleicht bedeuten, dass ihr auch normalen Unterricht hattet?«

»Eine Stunde Physik«, antwortete ich wahrheitsgemäß. »Aber da haben wir nichts aufbekommen.«

»Englisch hattest du nicht zufällig?«, erkundigte sich Silke.

»Donnerstags haben wir nie Englisch!«, entgegnete ich und konnte eine gewisse Häme nicht verbergen.

»Trotzdem könntest du die Zeit nutzen, um Vokabeln zu lernen. Du weißt, du stehst zwischen vier und fünf.«

Der Nachmittag war so schön, bevor sie das Haus betrat. »Ich hasse Englisch!«, sagte ich.

»Englisch ist wichtig!«, sagte Silke. »Die halbe Menschheit spricht inzwischen diese Sprache.«

»Ich finde, das reicht völlig!«, entgegnete ich. »Da muss ich doch nicht auch noch Englisch können!«

»Zufällig entscheidet dieses Fach über deine Versetzung!«

»Kann ich durch Mathe ausgleichen!«, versuchte ich beruhigend auf Silke einzuwirken.

»Wenn du im nächsten Englischtest eine Fünf schreibst, sorge ich dafür, dass du Nachhilfe bekommst!«, drohte sie mir.

»Ich will aber keine Nachhilfe!«, begehrte ich auf.

»Das liegt ganz allein an dir!«

»Immer muss ich nach deiner Pfeife tanzen!«, protestierte ich, sprang auf, eilte in mein Zimmer, knallte die Tür hinter mir zu und warf meine Anlage an.

Das nannte sich nun Freiheit! Im Grunde genommen hatte mir die Trennung von Jenny gar nichts gebracht. War vorher Miss World diejenige gewesen, die über mein Leben bestimmte, hatte jetzt wieder Mama das Zepter in der Hand. Ich steckte in der Zwickmühle. Frauen!

JENNY Ich begleitete Melli in die Bibliothek. Sie hatte zwar die Ausleihfrist um ein paar Tage überzogen, musste aber keine Strafe zahlen. Nicht mal eine Verwarnung bekam sie. Wir blieben noch eine Weile da und schauten uns in den Regalen um. Vielleicht fand ich ja ein Buch, in dem ein Mädchen das Gleiche wie ich mit Finn erlebte, ein Buch, das mir irgendwie weiterhalf, das mir verriet, wie ich mit der schrecklichen Situation besser fertig werden konnte. Ich würde mich nicht mehr ganz so allein und verlassen fühlen, wenn ich von einem ähnlichen Schicksal las. Melli war mir momentan in ihrer Verliebtheit keine sonderliche Stütze – wie sie mir gerade wieder deutlich bestätigte.

»Guck mal!«, sagte sie und zeigte mir grinsend das Titelbild eines Liebesromans: ein Junge und ein Mädchen, die sich unter strahlend blauem Himmel küssten. Beide waren mindestens schon achtzehn. »Süß, nicht wahr?« Bestimmt malte sie sich gerade aus, das auf dem Bild wäre sie mit diesem Malte.

Ich fand das Foto blöd. Erinnerte es mich doch an die vielen schönen Tage mit Finn und daran, dass ich diesem Glück womöglich ewig nachlaufen würde. Plötzlich hielt ich es gar nicht mehr für so eine gute Idee, mir ein Buch auszuleihen, das sich mit meiner Situation befasste. Womöglich wurde dadurch alles nur noch schlimmer. Ich war ja jetzt schon dabei, an gebrochenem Herzen zu sterben.

Der Himmel auf Erden

JENNY »Lass uns gehen!«, sagte ich zu Melli. Ich wollte weg von all diesen Herz- und Schmerzgeschichten, weg von den sich umarmenden und küssenden Liebespaaren.

Melli aber wollte unbedingt noch ein bisschen im Internet surfen. Lustlos trottete ich mit ihr zu den Computern – fünf Stück hatte die Bibliothek davon. Das Surfen kostete keinen Cent, dafür war die Nutzung auf eine halbe Stunde begrenzt. Melli setzte sich, gab ihren Namen ein und die Nummer ihres Bibliotheksausweises und schon war sie im Internet. Ich stand neben ihr und schaute ihr über die Schulter.

Melli hatte eine Vorliebe für Persönlichkeitstests. Die besten Tests gab es bei www.pop.de und genau zu deren Seite war Melli gesurft. *Na toll!*, dachte ich mit einer Begeisterung, die ungefähr so groß war wie das rechte Hinterbein eines Marienkäfers. Nicht dass ich etwas gegen solche Tests gehabt hätte. Ich stand selber drauf. Nur nicht im Augenblick, wo mein Herz so wehtat, als hätte jemand eine Nagelfeile hineingebohrt.

Melli klickte auf den *Bist-du-eifersüchtig?-Test.* Die Fragen und möglichen Antworten erschienen auf dem Bildschirm. Zu jeder Antwort gab es eine bestimmte Anzahl von Punkten. Diese wurden am Schluss zusammengezählt und dann konnte die Testperson nachlesen, was sie auf dem Kasten hatte – ob sie eine Schlaftablette war oder jeden Jungen haben konnte, den sie wollte. Ich schloss bei den Tests meist durchschnittlich ab, genau wie Melli. Nur einmal – beim *Wie-wirkst-du-auf-Jungen?-Test* – hatte sie ein niederschmetterndes Ergebnis erreicht, schlappe elf Punkte. *Du könntest zehn Stunden im Bikini an der Haltestelle stehen und kein Junge würde einen Blick auf dich werfen*, wurde Melli knallhart bescheinigt. Melli war so geschockt, dass sie Wochen brauchte, bis sie sich wieder an einen neuen Test wagte.

Frage 1 des *Bist-du-eifersüchtig?-Tests* lautete so:

Dein Freund unterhält sich angeregt mit einem Mädchen, das du nicht kennst. Wie reagierst du?

a.) Du würdest dem unbekannten Mädchen am liebsten die Augen auskratzen.

b.) Du bist gekränkt und legst deinem Freund bei der erstbesten Gelegenheit eine tote Maus in den Schuh.

c.) Du näherst dich von hinten deinem Freund und hältst ihm die Augen zu, um rauszubekommen, ob er sich noch an deinen Namen erinnert.

Melli, die bestimmt an ihren Malte dachte, schwankte zunächst zwischen *a* und *b*, bevor sie per Mausklick *b* ankreuzte, meinte aber – weil sie sich vor toten Mäusen ekelte –, dass sie ihrem *Freund* stattdessen einen vergammelten Joghurt in den Schuh kippen würde.

Der Test bestand aus insgesamt zwölf Fragen. Ich drängte Melli, dass sie sich ein bisschen beeilen solle. Trotzdem dauerte es noch unendlich lange, bis sie fertig war und ihr der Computer das Ergebnis servierte:

Du schlägst jede Rivalin in die Flucht, aber leider auch deinen Freund, weil du krankhaft eifersüchtig bist. Humor scheinst du zu haben, du musst nur etwas mehr für dein Selbstvertrauen tun, dann brauchst du auch keine Konkurrentinnen zu fürchten. Versuch es mal mit Bergsteigen, Bungeejumping oder Triathlon. Dein Freund wird in Ehrfurcht vor dir erstarren und sich hüten einem anderen Mädchen nachzuschauen.

»Was ist denn Triathlon?«, fragte mich Melli.

»Ich glaube, da muss man schwimmen, Rad fahren und Marathon laufen«, antwortete ich.

»Doch nicht an einem Tag?« Melli guckte mich entgeistert an.

»Logisch!«, antwortete ich. »Oder denkst du, die machen einen Monat Pause dazwischen!«

»Dann bleibe ich lieber, wie ich bin«, entgegnete Melli. »Was habe ich davon, wenn ich beim Triathlon tot zusammenbreche und mein Freund sich nach meiner Beerdigung mit einer anderen amüsiert! Auf die inneren Werte kommt es an.« Melli loggte sich ohne Wehmut aus.

»Lieber tot als unzuverlässig!«, fügte ich hinzu, hätte mich aber fast an dem Satz verschluckt. Ich hatte es gerade nötig, große Töne zu spucken.

Weshalb hat denn Finn dich verlassen! Bestimmt nicht, weil du so zuverlässig warst!

Auf dem Weg zum Ausgang kamen wir an einem Tisch mit Büchern vorbei, die die Bibliothek aussortiert hatte und die man günstig kaufen konnte.

Melli blieb stehen und fing an in den Büchern zu wühlen. Mein Interesse hielt sich in Grenzen.

Auf einmal musste Melli kichern. »Ich habe genau das Richtige für dich!« Sie hatte ein Sachbuch für Frauen ausgegraben: *Es gibt ein Leben nach der Scheidung. Der Ratgeber für danach.*

Ich wurde sofort sauer. »Wie witzig!«, sagte ich und streckte ihr die Zunge raus. Aber mir vorhin etwas von inneren Werten erzählen wollen.

»Das kaufe ich dir!«, sagte Melli mit einem breiten Grinsen.

»Untersteh dich!«, fauchte ich und riss das Buch an mich. Was für ein blöder Titel! Noch war ich nicht geschieden, aber sollte sich Finn wirklich dazu entschließen, würde ich garantiert sterben. Es gab kein Leben nach der Scheidung, und wenn doch, dann musste es so qualvoll sein, als würde man in siedend heißem Wasser gekocht. Am liebsten hätte ich das Buch in den Papierkorb geworfen.

Plötzlich kriegte Melli ganz große Augen, hielt sich –

weil sie sonst einen spitzen Schrei ausgestoßen hätte – die Hand vor den Mund und drehte mir blitzartig den Rücken zu. »O nein!«, stöhnte sie. »Das überstehe ich nicht! Er ist da!«

»Wer?« Doch nicht etwa Finn? Mein Herz bestand mit einem Mal nur noch aus Tausenden von kleinen Puzzleteilchen. Ich blickte mich nach allen Seiten um, konnte Finn aber nirgends entdecken.

»Malte!«, flüsterte Melli. »Er sitzt an dem Tisch in der Cafeteria!«

»Ich dachte, du meinst Finn!«, atmete ich auf. Ich würde Tage brauchen, bis ich das Puzzle wieder zusammenhatte.

Die Cafeteria befand sich in der Ecke gleich beim Ausgang. Dort konnte man an kleinen runden Tischen etwas trinken und dabei lesen. Außer einem Jungen mit Rastahaaren hielt sich niemand in der Cafeteria auf.

»Siehst du ihn?«, flüsterte Melli.

»Den mit den Rastahaaren?«, vergewisserte ich mich.

Und genau den meinte Melli.

Ihr Traumprinz sah echt nicht übel aus. Wenn der keine Freundin hatte, fraß ich einen Besen samt Kehrschippe und den ganzen Dreck dazu. Ich konnte verstehen, dass sich Melli in ihn verliebt hatte, nur dass er ein bisschen zu alt für sie war.

»Was macht er?«, wollte Melli wissen.

Malte las in einer Zeitschrift. Ich sagte mir, dass dies eine gute Gelegenheit wäre, mich bei Melli für den blödsinnigen Ratgeber zu revanchieren. »Er ist gerade aufgestanden!«, behauptete ich.

»Wo geht er hin?«, flüsterte Melli.

»Das wird dich gar nicht erfreuen«, sagte ich.

»Wieso? Bricht er auf?«

»Schlimmer!«

»Nun sag schon! Was tut er?«

»Oh, oh!«, hielt ich sie weiter im Ungewissen.

»Du machst mich noch wahnsinnig! Was ist?«

Jetzt begann auch ich zu flüstern. »Er kommt genau auf dich zu!« Dabei hatte Malte bloß eine Seite seiner Zeitschrift umgeblättert.

»O nein!«, jammerte Melli. »Mir wird schlecht! Ich sterbe!«

»Lass dir Zeit damit«, beruhigte ich sie. »Er ist stehen geblieben und bindet sich gerade seinen linken Schuh zu.«

»Zu spät!«, entgegnete Melli. »Ich befinde mich bereits im Endstadium!«

Ich wollte sie dabei nicht stören und ließ sie einen Moment in diesem Zustand verweilen.

»Du kannst aufatmen!«, gab ich schließlich Entwarnung. »Er kehrt wieder an seinen Tisch zurück.«

»Ein Glück!«, seufzte Melli.

In diesem Augenblick stand Malte wirklich auf.

»Doch nicht!«, schlug ich erneut Alarm, nur dass es diesmal Ernst war.

»Kommt er etwa wieder?«, erkundigte sich Melli panisch.

»Sieht fast so aus!«, antwortete ich.

»Ein zweites Mal stehe ich das nicht durch!«, jammerte Melli.

Malte hatte die Zeitschrift an seinen Platz zurückgelegt und verließ die Bibliothek.

»Brauchst du auch nicht!«, sagte ich zu Melli. »Er ist weg!«

»Echt?«

»Echter geht's nicht mehr!«

Erst jetzt wagte Melli sich umzudrehen. Als sie feststellte, dass die Luft rein war, fasste sie sich erleichtert ans Herz. »Ich hätte das nicht überlebt, wenn er mich angesprochen hätte! Glaub mir!«

»Du hast umsonst gezittert!«, lachte ich. »Malte war die ganze Zeit an seinem Tisch und hat gelesen!«

»Oh, bist du fies!«, zischte Melli und hätte mich am liebsten erwürgt.

Auf dem Weg nach draußen knuffte sie mich und dann mussten wir furchtbar lachen. Doch wenn ich glaubte, damit sei das Thema Malte erledigt, hatte ich mich arg getäuscht. Melli sah, wie ihr Schwarm den Platz überquerte, und wollte unbedingt hinter ihm her.

Ich teilte ihr mit, was ich von dem Einfall hielt – nämlich gar nichts.

»Du bist mir noch was schuldig, weil du mich vorhin angeschmiert hast«, setzte sie mich unter Druck.

»Na schön!«, gab ich mich geschlagen und so machte ich mich mit Melli an die Verfolgung ihres geliebten Malte. Seit meiner Vermählung mit Finn hatte ich nicht mehr so etwas Verrücktes getan.

FINN Mein Groll auf die Frauen hatte sich gerade ein wenig gelegt, als Silke ihren Kopf ins Zimmer steckte. Sie wollte, dass ich die Musik leiser stellte.

»Irgendwie habe ich mir meine Freiheit anders vorgestellt!«, protestierte ich.

»Was soll ich da erst sagen!«, entgegnete Silke. »Ich würde mich zum Beispiel gern ein paar Minuten entspannen, aber was muss ich stattdessen tun? Den Herrn darum bitten, dass er mich nicht mit seiner Musik tyrannisiert!«

Fragte sich nur, wer hier wen tyrannisierte. »Aber wenn Leonie ihre blöden Musikkassetten bis hintenhin aufdreht, sagst du nie was!«, beschwerte ich mich.

»Lenk bitte nicht ab, sondern stell endlich die Musik leiser! Sonst tu ich es!«

Ich gehorchte notgedrungen. »Wird Zeit, dass ich wieder ausziehe!«, sagte ich. Ganz so klein beigeben wollte ich nun auch wieder nicht.

»Das finde ich wirklich traurig, dass du so denkst!«, meinte Silke. »Nur weil nicht immer alles so läuft, wie du es willst!«

Ich durchschaute sie. Sie wollte mir bloß ein schlechtes Gewissen machen. Wie Jenny. Aber damit würden die Frauen bei mir nicht mehr durchkommen.

Silke schloss die Tür, erschien aber wenige Sekunden später wieder. »Bevor du dich auf Wohnungssuche begibst, könntest du mir noch einen Gefallen tun«, sagte sie.

Ich fragte erst gar nicht, welchen, sondern schaute sie nur misstrauisch an. Falls sie von mir erwartete, dass ich den Geschirrspüler ausräumte oder mich für dergleichen niedere Dienste einspannen ließ, konnte sie es vergessen.

»Du könntest meine Uhr vom Uhrmacher abholen«, sagte Silke. »Mit dem Fahrrad bist du in zehn Minuten da.«

»Kann Leonie das nicht erledigen?«

»Leonie ist dafür noch zu klein.«

»Ich habe aber keine Zeit!«

»Um Musik zu hören, schon!«

»Ich wollte gerade anfangen Englischvokabeln zu lernen!«, behauptete ich und kam mir dabei extrem clever vor.

Silke fiel tatsächlich darauf rein. »Das ist natürlich etwas anderes!«, sagte sie und zog sich zurück.

Ich wollte mir schon wegen meiner Genialität selbst auf die Schulter klopfen und dachte, ich wäre Silke für ein paar Stunden los, als sie ein drittes Mal in der Tür auftauchte. »Richte dich ruhig mal darauf ein, dass ich dich in einer halben Stunde die Vokabeln abfrage!«, sagte sie. »Und zwar schriftlich! Ach, und vergiss nicht die Musik auszustellen, während du lernst!«

Na toll, du Obergenie! Das hast du ja super hingekriegt!

Ich setzte mich widerwillig an den Schreibtisch – die Musik ließ ich laufen – und schlug die Vokabelseite auf. Ich hasste Vokabeln. Vokabeln waren so überflüssig wie Windpocken oder faule Zähne.

Wir hatten eine neue *Unit* begonnen, ich blätterte aber eine Seite zurück. Silke würde nie und nimmer merken, wenn ich ein paar alte Vokabeln wiederholte. Ich musste grinsen. In zwei Minuten würde ich fertig sein. Denkste! Mein Gedächtnis war löchriger als ein Sieb. Nicht eine Vokabel war hängen geblieben! Da konnte ich genauso gut die neuen lernen. Ich gab mir wirklich die allergrößte Mühe, doch nach drei Vokabeln war ich restlos bedient. Ich klappte das Buch zu und beschloss mal nachzuschauen, was Silke so trieb. Vielleicht kamen wir ja doch noch miteinander ins Geschäft.

Silke lag im Wohnzimmer auf der Couch. Die Augen hatte sie geschlossen. Ich wusste aus Erfahrung, dass es mich die rote Karte kosten konnte, wenn ich sie jetzt ansprach. Aber was tut man nicht alles im Leben, damit das seelische Gleichgewicht wieder halbwegs ins Lot kommt.

»Schläfst du?«, fragte ich Silke.

Silke öffnete die Augen. »Jetzt nicht mehr!«, antwortete sie. »Was willst du? Bist du etwa schon mit den Vokabeln fertig?«

Am besten, ich ging gar nicht darauf ein, sonst verstrickte ich mich wieder in Halbwahrheiten und Ausflüchte und fand aus diesem Dickicht nicht mehr raus. »Ich wollte mich bei dir entschuldigen«, begann ich. »Ich habe das nicht so gemeint, als ich sagte, dass ich ausziehen will.«

Die Entschuldigung war als Besänftigung gedacht, weil ich sie geweckt hatte.

»Schön!«, sagte Silke und streichelte mir die Wange. »Es würde mir auch kein Problem bereiten, die Uhr für dich abzuholen«, kam ich auf den eigentlichen Punkt zu sprechen.

»Der Abholschein liegt auf der Kommode«, sagte Silke.

Ich sah nach und fand ihn schließlich unter der Telefonabrechnung.

»Und bring bitte gleich meinen Geldbeutel mit!«

Ich war so frei.

»Du tust mir doch nicht den Gefallen, nur damit du keine Vokabeln lernen musst?«, erkundigte sich Silke.

»Betrachte meinen guten Willen als einen Akt der Wiedergutmachung!«, tönte ich. O Mann, was war ich wieder in Form!

»Wie ritterlich von dir!«, entgegnete Silke. »Ich dachte immer, diese Spezies wäre längst ausgestorben.«

»So kann man sich irren«, sagte ich und wusste für einen Augenblick nicht, wohin ich schauen sollte.

Silke gab mir zwanzig Euro. »Das dürfte reichen«, sagte sie.

Ich steckte den Schein in meinen Geldbeutel. »Kann ich die Inliner nehmen?«, fragte ich.

»Kommt nicht infrage!«, antwortete Silke. »Ich möchte, dass du mit dem Fahrrad fährst!«

»Bitte!«

Es blieb dabei, ich sollte mit dem Fahrrad los. Toll. Da tat ich ihr nun den Gefallen – selbstlos wie ich war – und was machte sie? Schaltete mal wieder auf stur. Undank ist der Welten Lohn!

Ich hatte mich damit abgefunden, das Fahrrad zu nehmen, als ich in der Diele fast über meine Inliner gestolpert wäre. Sie sahen mich ganz traurig an. *Nimm uns mit!*, schrien sie. *Nimm uns mit!* Ich geriet in einen gewaltigen Gewissenskonflikt. Einerseits hatte Silke mir eine klare Anweisung gegeben, andererseits konnte ich die armen Inliner nicht so einfach ihrem Schicksal überlassen. Hielt ich mich nicht an die Vereinbarung, kriegte ich Ärger mit Silke, ignorierte ich das Flehen der Inliner, würden sie mir das womöglich nie verzeihen. Da ich auch noch in Zukunft morgens mit einem reinen Gewissen in den Spiegel gucken wollte, nahm ich mir ein Herz und die Inliner mit vor die Tür, wo ich sie mir schnell anzog. Sogar an den Kopfschutz hatte ich gedacht.

Die Bürgersteige waren mehr oder weniger frei, Hindernisse wie Fußgänger und Mülltonnen umkurvte ich geschickt. Ja, so hatte ich mir die Freiheit vorgestellt: das Leben eine einzige Überholspur und niemand da, der mich aufhielt. Ich war frei! Frei wie ein Vogel und schnell wie ein Düsenjet. Yeah, Mister Fantastic hatte wieder alles im Griff!

O Mann, ich hätte vor lauter Glück über Autos springen können, als ich dicht vor mir die zwei Mädels sah. Fast hätte ich sie über den Haufen gefahren.

He, die kennst du doch!, schoss es mir durch den Kopf. *War das nicht Jenny? Mit Melli?*

Trotz voller Fahrt drehte ich mich nach den beiden um. Und genau das war der Fehler. Wumm!, landete ich in einem Warenständer. Er gehörte zu einer Boutique und hatte mitten auf dem Bürgersteig gestanden.

Ich lag da, Kleider und Ständer über mir. Alles um

mich herum war duster. *Komisch, dass keiner das Licht anknipst*, dachte ich zuerst. *Oder wird jetzt sogar im Himmel Energie gespart?*

Plötzlich hörte ich Stimmen. Sie kamen mir sehr bekannt vor. Wenigstens würde ich im Himmel kein Englisch sprechen müssen. Ich versuchte mich aufzurappeln, aber es klappte nicht so recht. Ein Engel – wer sonst? – fummelte an meinem Gesicht herum. Plötzlich wurde Licht und ich blickte in zwei mir vertraute Augen. Jenny!

»Du auch?«, flüsterte ich, weil ich annahm, sie wäre wie ich im Reich der Engel.

In diesem Augenblick tauchte eine zweite Gestalt vor mir auf. Melli! Nicht mal im Himmel hatte ich vor dieser Nervensäge meine Ruhe.

»Hast du dir wehgetan?«, erkundigte sich Jenny besorgt.

Ich fühlte mich eigentlich ganz prächtig. »Nicht dass ich wüsste!«, antwortete ich.

Ein süßer, lieblicher Geruch drang in meine Nase. Wie nach Orange. Benutzte Jenny ein neues Duftwässerchen oder roch es im Himmel immer so? Jedenfalls wurde ich von dem Duft ganz benommen.

»Kennst du den Jungen?«, vernahm ich auf einmal eine unbekannte Stimme über mir.

»Das ist mein Mann!«, antwortete Jenny. »Ähm, ich meine mein Freund, ähm, ein Freund von mir, also mein Nachbar.«

»Kannst du aufstehen?«, fragte mich die Stimme.

Wenn das eine Aufnahmebedingung für den Himmel

war, wollte ich es gern versuchen. »Ich probier's mal!«, sagte ich.

Jenny war mir behilflich, dabei sog ich wieder etwas von ihrem Duft ein, so dass ich beinahe die Besinnung verloren hätte und wieder hingeflogen wäre.

»Ist dir eigentlich klar, was du für einen Schaden angerichtet hast?« Die Stimme klang irdischer, als mir lieb war. Und auch das geschminkte Gesicht dazu bestätigte meine schlimmsten Befürchtungen. Ich hatte nicht eine Sekunde im Himmel zugebracht. Ich war hier, auf der Erde. Ich war so irritiert, dass ich nicht wusste, ob ich mich freuen oder mich bedauern sollte.

Die Frau, zu der die Stimme gehörte, bückte sich, stellte den Ständer wieder an seinen Platz und hob die Kleider auf, die etwas verstreut auf dem Bürgersteig lagen. »Ich hoffe, deine Eltern sind gut versichert!«, sagte die Frau, von der ich annahm, dass es die Boutiquebesitzerin war.

Zum Glück hatte Jenny etwas Abstand genommen, so dass ich nicht mehr ganz so benebelt war und mein Geist dem Geschehen wieder einigermaßen folgen konnte. »Und ich hoffe, Sie haben einen guten Anwalt!«, entgegnete ich. Sie konnte froh sein, dass ich mir nicht das Genick gebrochen hatte. »Sie dürfen den Kleiderständer gar nicht auf den Bürgersteig stellen!«

»Selbstverständlich darf ich das!«, meinte die Frau hochnäsig.

»Dann haben Sie bestimmt auch eine amtliche Genehmigung!«, sagte ich auf gut Glück.

»Natürlich!«

»Prima!«, sagte ich. »Die können Sie ja meinem Anwalt schicken, wenn er Ihnen die Höhe des Schmerzensgeldes mitteilt!«

»Schmerzensgeld?« Die Frau guckte, als wäre ihr gerade eine Fliege durchs Nasenloch geflogen.

»Logisch!«, sagte ich und rieb mir den Nacken, wobei ich schmerzhaft das Gesicht verzog. »So ein Schleudertrauma ist nicht billig!«

»Ich denke, das sollten wir doch lieber drinnen besprechen«, meinte die Frau plötzlich wie umgewandelt.

Jenny wollte hinter uns her.

»Ihr bleibt schön hier!«, sagte die Frau.

»Ich will aber was kaufen!«, behauptete Jenny, die sich nicht so einfach abwimmeln lassen wollte.

»Das Geschäft ist vorübergehend geschlossen!«, meinte da die Frau und schlug Jenny die Tür vor der Nase zu.

Jenny stand draußen und guckte in den Laden. Sie sah irgendwie bekümmert aus, und traurig, wie ein Dalmatiner, den man zur Strafe ausgesperrt hat. Ich kann nicht sagen, dass es mir das Herz brach – jetzt, wo ich vor ihrem Duftwasser in Sicherheit war und meinen Verstand wieder beisammenhatte. Ich würde auch ohne sie klarkommen, das konnte Miss World von mir aus ruhig sehen. Ein erhabenes Gefühl nahm von meinem geschundenen Körper Besitz, das ich gern noch ein bisschen länger ausgekostet hätte, wäre da nicht Melli gewesen, die Jenny schließlich wegzerrte.

»Ich denke, wir können die Angelegenheit genauso gut ohne Versicherung und Anwälte regeln«, meinte die Boutiquebesitzerin mit einer Freundlichkeit, dass ich Zahnweh bekam. »An wie viel Schmerzensgeld hast du denn so gedacht?«

In meinem Kopf schwirrten gigantische Zahlen herum: Eine Million! Zehn Millionen! Hundert Millionen! Ich sah mich schon als reichen Mann – mit Villa im Grünen, Ferrari und einer Superyacht.

Die Boutiquebesitzerin zückte ihren Geldbeutel und reichte mir einen Schein. Zehn mickrige Euro! Davon kriegte ich ja nicht mal den Tank eines Mofas voll. Ich rührte den Schein nicht an.

Die Frau legte noch einen Zehner zu.

Nicht mit mir. »Ich hätte mir wer weiß was brechen können!«, appellierte ich an ihre Zahlungsmoral und rieb mir erneut den Nacken.

Sie schluckte die Kröte. »Na gut!«, sagte sie. »Hier hast du fünfzig Euro! Aber damit ist Schluss!«

Ich spürte, dass nicht mehr herauszuholen war, und willigte schweren Herzens ein. Meine Inliner hätten es mir sowieso übel genommen, hätte ich sie plötzlich gegen einen Ferrari eingetauscht.

Eine Kellerassel an der Haustür

JENNY Finn lief neuerdings mit einer Sonnenbrille herum. Damit versteckte er sein blaues Auge, das er sich zugezogen hatte, als er mit den Inlinern in den Kleiderständer raste. Dass er ein blaues Auge hatte, wusste ich von Mama und die wusste es wiederum von Silke. Mir ging Finn ja aus dem Weg, so dass ich ihn meist nur aus der Ferne sah. Das letzte Mal, dass wir miteinander gesprochen hatten, war bei seinem Unfall gewesen. Seitdem herrschte absolute Funkstille zwischen uns. Mama hatte mir geraten Finn in Ruhe zu lassen. Er bräuchte einfach Zeit, um sich über seine Gefühle zu mir klar zu werden. Liebe könne man nicht erzwingen. Vielleicht würde Finn mich sogar mehr vermissen, wenn ich mich nicht aufdrängte, hatte Mama noch gemeint und mir dabei zugezwinkert. Vielleicht. Vielleicht auch nicht. Was machte ich, wenn ihre Taktik nicht aufging und er die falschen Schlüsse zog, weil er dachte, ich würde mich nicht mehr für ihn interessieren? Wenn er mich wegen eines blöden Missverständnisses für immer aus seinem Herzen verbannte? Dass man aber auch nie hundertprozentig sicher sein konnte das Richtige zu tun.

FINN Je weiter der große Zeiger vorrückte, umso nervöser wurde ich. Gleich würde Miriam klingeln. Merkwürdig. Dabei gab es keinen Grund, nervös zu sein. Ich hatte ja kein Rendezvous mit ihr. Miriam hatte mich bloß gefragt, ob ich Zeit und Lust hätte, ihr Mathe beizubringen. Warum nicht? Zumal sie gut in Englisch war und sie mir dafür bei der blöden Grammatik helfen konnte. Vielleicht kam ich so im nächsten Test um eine Fünf und um den Nachhilfeunterricht herum. Es war also so gesehen ein reines Arbeitstreffen, mehr nicht. Trotzdem wollte sich die Anspannung nicht legen. Schließlich hatte außer Jenny noch kein anderes Mädchen einen Schritt in mein bescheidenes Reich getan.

Als es endlich klingelte, stürzte ich die Treppe runter und riss die Haustür auf. Ich musste meinen Blick etwas nach unten korrigieren, weil Julian vor mir stand. Und wegen diesem Blödmann hatte ich mir fast den Hals gebrochen.

»Ist Leonie da?«, fragte er mich.

»Nein!«, antwortete ich gereizt.

»Wann kommt sie denn?«, wollte Julian wissen.

»Weiß ich nicht!«, antwortete ich und schlug ihm die Tür vor der Nase zu. Ich fand es unerhört, mich mit derart läppischen Fragen zu belästigen.

Doch der Blödmann gab keine Ruh. Ding, dong!

Diesmal erkundigte er sich, ob Silke da wäre. »Vielleicht weiß sie ja, wann Leonie zurück ist«, meinte der Schlaumeier.

Ich erklärte der Nervensäge, dass außer mir kein Meyer im Hause war und peng!, fiel die Tür wieder ins Schloss. Meinen Frieden hatte ich trotzdem nicht. Ich war noch nicht ganz die Treppe oben, da zwang mich die Klingel zur Umkehr. Na warte, diesmal konnte der Gnom was erleben! Fast wäre die Tür aus den Angeln geflogen. »Sag mal, rede ich spanisch oder ...?«, blökte ich los, als ich den Irrtum bemerkte. Miriam!

»Oh!«, krächzte ich. »Ich dachte, du wärst dieser Drücker von eben, der mir eine Zeitschrift andrehen will.«

»Hallo«, sagte sie und lächelte mich an.

Ihr Lächeln verwirrte mich. »Hallo!«, entgegnete ich und ließ sie in die Wohnung.

Miriam trug einen schwarzen Rock, so dass man ihre Beine sehen konnte. Nicht schlecht – der Stoff.

»War das eben dein kleiner Bruder, der mich draußen so komisch angeguckt hat?«, fragte sie mich.

»Bloß nicht!«, stöhnte ich. »Mir reicht schon meine kleine Schwester!« Ich führte Miriam nach oben in mein Zimmer.

»Hübsch hast du es hier«, sagte sie und streifte ihren Rucksack ab.

Ein guter Anfang, dachte ich und schluckte zufrieden.

»Ist der süß!«, jauchzte sie auf einmal. Sie meinte den

Plüschfrosch auf meinem Regal. Jenny hatte ihn mir mal geschenkt. Der Frosch hätte sie an mich erinnert, denn er wäre ein verzauberter Prinz. Damals war ich mächtig stolz auf das Geschenk, jetzt ärgerte es mich, dass ich ihn nicht in einen tiefen, leeren Brunnen geworfen hatte, wo er hingehörte. Der Prinz existierte nicht mehr, war tot, ans Messer geliefert von seiner Prinzessin.

Miriam nahm den Frosch in die Hand und kuschelte kurz mit ihm. Ich konnte nicht hinsehen.

»Hat er auch einen Namen?«, fragte Miriam.

Jenny hatte ihn Finni getauft. »Ähm, Quaaak«, antwortete ich.

»Was wohl passiert, wenn ich Quaaak einen Kuss gebe?«, kicherte sie.

»Vermutlich kriegst du die Maul- und Klauenseuche!«, entgegnete ich, obwohl mir überhaupt nicht zum Scherzen zumute war. Offensichtlich hatten alle Mädchen dieser Welt denselben Gedanken, wenn sie einen Frosch erblickten. Sogar wenn es bloß ein Plüschtier war.

»Dann muss ich vielleicht nie wieder Mathe machen!«, sagte Miriam und küsste den Frosch mitten auf den Mund.

Mädchen kommen auf Ideen! »Bei Plüschfröschen beträgt die Inkubationszeit bis zu hundert Jahre!«, witzelte ich.

»Die was?«

»Die Inkubationszeit!«, wiederholte ich. »Das ist die Zeit, die vergeht, bis du tatsächlich krank wirst.«

»Und wenn man einen richtigen Frosch küsst?«, kicherte Miriam.

»Dreißig Sekunden oder so!«, antwortete ich. »Wenn es kein Prinz wird.«

Da nur ein Stuhl vorhanden war, besorgte ich mir einen zweiten aus der Küche, dann setzten wir uns an meinen Schreibtisch und schlugen die Mathebücher auf. Wir nahmen im Unterricht gerade die umgekehrt proportionale Zuordnung durch. Klingt kompliziert, ist es aber nicht, auch wenn Miriam ganz anders darüber dachte.

Zwischen ihr und mir war höchstens eine Handbreit Platz, so dicht saßen wir nebeneinander.

Wir hatten mehrere Textaufgaben auf. Ich rechnete ihr die erste Aufgabe vor, so dass sie nur abzuschreiben brauchte.

»Ich kapier das nie!«, jammerte sie trotzdem.

In diesem Augenblick berührten sich unsere Knie. Ich zuckte zusammen und zog meins schnell weg. Nicht weil es mir unangenehm gewesen wäre, es kam nur so überraschend – wie ein plötzlicher Stromschlag.

Bei der nächsten Aufgabe erklärte ich ihr Schritt für Schritt, wie man vorgehen musste, doch Miriam stand auf der Leitung. Wenn das in diesem Tempo so weiterging, saßen wir noch in drei Jahren an denselben Hausaufgaben.

JENNY Ich saß auf der Terrasse und langweilte mich zu Tode. Mama war gerade damit beschäftigt, ihr Kräuterbeet vom Unkraut zu befreien.

»Willst du mir nicht ein bisschen helfen?«, rief sie mir zu.

Ich stand widerwillig auf und trottete zu ihr.

»Du musst nicht, wenn du nicht willst«, meinte Mama. »Ich dachte nur, du könntest eine kleine Ablenkung gebrauchen.«

Konnte ich schon. »Wenn ich dir helfe, denkt mein Kopf trotzdem weiter!«, nannte ich das Problem.

»Dann gib deinem Kopf den Befehl, dass er sich auf das konzentrieren soll, was deine Hände tun!«, empfahl mir Mama.

Ich versuchte es, meine Hände waren zwar bei der Sache, mein Kopf aber nicht. Der war bei Finn. Was er wohl in diesem Augenblick machte? Bestimmt nicht in einem Kräuterbeet knien. Ob er in den letzten Tagen auch nur einmal an mich gedacht hatte?

»Wozu brauchen wir überhaupt die ganzen Kräuter?«, wollte ich von Mama wissen.

»Na, zum Kochen und um sie an den Salat zu tun«, antwortete sie.

»Schon, aber wir schaffen ja nicht mal die Hälfte davon, so viel ist das!«

Mir gelang es tatsächlich, ein wenig abzuschalten, als mir Julian mit seiner Anwesenheit den Tag verdarb.

»Was macht ihr da?«, fragte er uns.

»Was wohl?«, antwortete ich. »Wir streicheln die Petersilie, damit sie schneller wächst!«

»Stimmt das, Mama?«

Mama klärte ihn natürlich auf.

Julian guckte mich empört an. Ich lachte. Und dann platzte er mit der Nachricht heraus.

»Finn hat eine neue Freundin!«

Ich dachte, mich überrollt ein LKW, mit solcher Wucht trafen mich Julians Worte.

»Du musst Jenny jetzt nicht absichtlich ärgern, nur weil sie sich mit dir einen Spaß erlaubt hat!«, tadelte ihn Mama.

»Ich hab sie selbst gesehen!«, redete Julian unbeirrt weiter.

»Wen hast du gesehen?«, fuhr ich ihn an.

»Das Mädchen, das bei Finn geklingelt hat!«, antwortete Julian.

»Nur weil ein Mädchen an der Tür klingelt, muss es nicht gleich seine neue Freundin sein!«, meinte Mama.

»Und warum haben sie sich dann umarmt?«, entgegnete Julian todernst.

Mein Magen tat auf einmal weh, als hätte sich ein Walross darauf gesetzt. »Du lügst doch!«, schnauzte ich ihn an und wäre ihm beinahe ins Gesicht gesprungen.

»Geh doch rüber, wenn du mir nicht glaubst!«, beharrte Julian.

Er zeigte nicht die geringste Unsicherheit. Das konnte nur eins bedeuten: An seinen Worten musste etwas dran sein! Mir war, als würde ich den Halt unter den Füßen verlieren und stürzte in einen endlos tiefen Spalt.

»Hätte ich nur nicht auf dich gehört!«, schrie ich Mama an und stapfte zurück zur Terrasse, wo ich mich wütend in einen Stuhl fallen ließ. Das hatte ich von ihrem Tipp, mich von Finn eine Weile fern zu halten! Von wegen mich vermissen! Ha!

Mama kam hinter mir her, Julian folgte ihr im Windschatten.

»Das muss absolut nichts bedeuten!«, versuchte Mama mich zu beruhigen.

Ich starrte an ihr vorbei und bohrte ein tausend Kilometer langes, grelles Loch in den Horizont.

»Ist Jenny jetzt eifersüchtig?«, fragte Julian Mama.

Ich und eifersüchtig? Pah! Kleine Brüder erzählen manchmal einen Schwachsinn. »Du weißt ja nicht mal, was das ist, du Dummkopf!«, schnauzte ich ihn an.

»Lass uns bitte für ein paar Minuten allein!«, bat Mama Julian. »Ich habe etwas mit Jenny zu besprechen.«

»Ich will aber lieber hier bleiben!«, meinte Julian trotzig.

»Weißt du, was du für mich tun könntest?«, warf Mama ihr diplomatisches Geschick in die Waagschale. »Du könntest zu Silke rübergehen und sie fragen, ob sie nicht ein paar Kräuter haben möchte. Ich hätte viel zu viel davon und wüsste nicht, wohin damit. Würdest du das für mich tun?«

»Aber wenn Silke doch nicht da ist!«, antwortete Julian.

»Vielleicht ist sie ja inzwischen eingetroffen«, entgegnete Mama ganz ruhig. Ich an ihrer Stelle hätte ihn längst zur Schnecke gemacht. »Und wenn nicht, dann wartest du ein bisschen. Sie wird bestimmt gleich da sein.«

»Ich will aber nicht!«, maulte Julian.

Seine Weigerung brachte mich plötzlich auf eine geniale Idee, das heißt, ob sie wirklich so genial war, würde sich erst noch zeigen. Ich konnte mein Vorhaben genauso gut bereuen. Egal. Ich hatte keine andere Wahl. Ich musste unbedingt herausfinden, was es mit diesem unbekannten Mädchen auf sich hatte.

»Du kriegst auch ein Eis als Belohnung!«, war Mama bemüht Julian umzustimmen.

»Das Eis kannst du dir sparen!«, sagte ich und sprang auf. »Ich übernehme den Job für Julian!«

Die Worte waren kaum draußen, da hätte ich meine Entscheidung am liebsten widerrufen. Was, wenn Finn tatsächlich Besuch hatte? Wie würde ich dastehen? O Gott! Ich wäre für alle Zeiten die Blamierte! Dennoch war ich bereit das Wagnis einzugehen.

»Kriege ich jetzt kein Eis?«, hörte ich noch Julian fragen.

Bubum, bubum machte mein Herz, die Knie zitterten mir und mir war schlecht, als hätte ich eine halbe Tonne Schokoriegel in mich reingestopft ...

FINN Miriams Fortschritte waren dürftig. Immerhin hatte sie kapiert, was auf welche Seite des Kreuzes gehörte, denn bei der proportionalen beziehungsweise umgekehrt proportionalen Zuordnung mussten wir immer zuerst ein Kreuz zeichnen, in das wir die einzelnen Angaben eintrugen.

»Und jetzt?«, fragte Miriam.

»Jetzt musst du erst mal gucken, wie viele LKW wir haben!«, antwortete ich. Dabei gerieten erneut unsere Knie aneinander. Fast hätte ich meins in einer Art Reflex wieder weggezogen, doch diesmal blieb ich stark.

»Vier?«, antwortete Miriam unsicher.

»Ähm, ja, genau!«, entgegnete ich. Ich fühlte ihr Knie und stellte mir vor, es wäre ein Tischbein, doch mein Kopf konnte sehr wohl zwischen dem Knie eines Mädchens und einem Tischbein unterscheiden. Vor meinen Augen begann alles zu verschwimmen, so dass ich nicht einmal mehr die Zahlen in dem Buch erkennen konnte.

»Muss ich die Vier jetzt hierhin schreiben?«, fragte mich Miriam.

Ich fragte mich etwas ganz Anderes. Ob Miriam an der Stelle, wo sich unsere Knie berührten, Hornhaut hatte und sie deshalb nichts spürte oder weshalb rückte sie mit dem Bein nicht einfach von mir ab?

»Oder dahin?«

»Ähm, was?«

»Wo muss ich die Vier denn nun hinschreiben?«

Wenn sie nicht gleich ihr Bein wegzog, brannte mir ihr Knie ein Loch in die Hose.

»Ähm, dahin!«, antwortete ich, beugte mich zu ihr rüber und zeigte mit dem Finger auf die Stelle. Wie es der Zufall wollte, streifte mein Zeigefinger ihren kleinen Finger. Den Fingern gefiel es offensichtlich, denn keiner von beiden machte Anstalten, auch nur einen Millimeter zurückzuweichen. In diesem Moment machte ich eine wissenschaftliche Entdeckung, die erregender nicht hätte sein können: dass Finger wahnsinnig irre Wärmeleiter sind. Plötzlich strömte eine Hitze durch meinen Körper, dass Millionen von Schweißperlen aus jeder Pore fluteten. Dagegen wäre es in einer Sauna angenehm kühl gewesen.

»Und jetzt muss ich durch vier teilen!«, stellte Miriam fest.

»Nein, durch sieben!«, entgegnete ich.

»Wieso das denn?«, jammerte Miriam. »Bei der Aufgabe eben hatten wir drei Pumpen und da musste ich zuerst durch drei teilen!«

»Ähm, stimmt, durch vier!«, korrigierte ich mich. Mein Körper war kurz davor, zu verdampfen. O Mann, Miriams Knie, ihr kleiner Finger... wenn ich nicht sofort eine Auszeit nahm, schwebte ich in ein paar Sekunden als weiße Wolke über meinem Mathebuch.

»Ich hole uns mal was zu trinken«, schlug ich mitten in der Aufgabe vor und kappte notgedrungen den körperlichen Kontakt zu ihr, was mich vermutlich vor dem tristen Schicksal als gasförmige Erscheinung bewahrte.

Im Treppenhaus hatte ich nur einen Gedanken: Gerettet! Grinsend stieg ich die Stufen hinab. Ich war zwar knapp an einer Katastrophe vorbeigeschrammt, trotzdem hatte ich in letzter Zeit nicht annähernd solch einen fantastischen Nachmittag gehabt. Ich fühlte mich wie neugeboren.

Zufrieden pfiff ich vor mich hin und besorgte uns in der Küche etwas zu trinken. Mal sehen, vielleicht fand ich ja noch irgendwo eine Kleinigkeit für uns zu naschen. *Hm, gute Idee, Finn!* Einen Schokosnack oder ein paar leckere Kekse.

Ich stöberte im Küchenschrank, als es auf einmal klingelte. Das konnte nur Julian sein! Von mir aus konnte er warten, bis er schwarz wurde. Wenig später klopfte es an die Terrassentür. Dieser Zwerg war aufdringlicher als eine Schmeißfliege! Ich unterbrach meine Suche und wollte schon an die Terrassentür stürmen, um den Blödmann in knappen, aber präzisen Worten darauf hinzuweisen, in welche Gefahr er sich begab, falls er es noch einmal wagen sollte, mich zu stören. Mich und Miriam! Die Wut auf ihn zerfiel jedoch zu Staub, als ich erkannte, wer hinter der Scheibe stand: Jenny! Ausgerechnet jetzt! Und oben hockte Miriam! Mein Magen war wie ein Fahrstuhl, der voll Karacho in die Tiefe rauscht und Knall auf Fall stecken bleibt. Nichts für schwache Nerven. Ich konnte mich nicht mal verstecken, weil sie mich durch die Scheibe längst entdeckt hatte. Die ganze Unbeschwertheit war dahin, hatte sich verflüchtigt wie Morgennebel auf der Autobahn. Und dann war es wieder da: das schlechte Gewissen.

Immer lächeln!, sagte ich mir und öffnete die Terrassentür. »Hi!«, begrüßte ich Jenny und stellte mich so hin, dass sie unmöglich an mir vorbeihuschen konnte. Man konnte ja nie wissen.

»Ist Silke da?«, fragte mich Jenny. Ich war mir nicht

ganz sicher, aber irgendwie hatte es sich angehört, als würde ihre Stimme zittern.

Ich verneinte und lächelte wie ein Idiot.

»Ich wollte fragen, ob ihr Kräuter gebrauchen könnt«, sagte Jenny. »Mama hat davon jede Menge im Überfluss!«

Ihre Stimme zitterte, daran gab es keinen Zweifel.

»Weiß nicht!«, antwortete ich und behielt das idiotische Lächeln bei.

»Wann kommt Silke denn zurück?«

»Keine Ahnung!« Ich betete, dass sie sich rasch verziehen möge, denn lange würde ich dieses Lächeln nicht mehr durchhalten. Die ganzen Muskeln schmerzten schon wie Hölle.

»Wie geht es deinem Auge?«, fragte sie.

»Gut!«, antwortete ich. Das Lächeln wurde noch um eine Spur idiotischer.

»Tut es noch weh?«

»Nö!«

»Aber irgendetwas ist mit deinem Gesicht.«

»Ähm, wieso?«

»Weil du so eine komische Grimasse ziehst!«

»Ähm, das! Weißt du, meine Gesichtsmuskeln sind furchtbar verspannt, na ja, und da hat der Arzt mir empfohlen ein paar Dehnübungen zu machen.«

»Ah!«, sagte Jenny. »Dann möchtest du jetzt wohl lieber allein sein. Du bist doch allein?«

Jetzt hieß es Ruhe bewahren. »Mehr oder weniger!«, stammelte ich. »Genau genommen ist man ja in so einem großen Haus nie allein.«

Jenny guckte mich etwas sonderbar an, als würde ein kleines, grünes Männchen aus meinem linken Ohr schauen.

»Die ganzen Schaben und Fliegen, die es gibt!«, stammelte ich weiter. »Mücken, Spinnen, Kellerasseln …«

Ich hätte noch eine Reihe dieser Plagen aufzählen können, wenn ich nicht plötzlich unterbrochen worden wäre.

»Ich weiß ohne dich einfach nicht weiter, Finn!«, hörte ich Miriams verzweifelte Stimme hinter mir.

Ich sah Jennys versteinerte Miene und hatte nur einen Gedanken: Bitte, lieber Gott, beame mich auf einen anderen Planeten! Doch der war wohl gerade mit etwas anderem beschäftigt, denn ich klebte noch immer an derselben Stelle. Ich hätte ihr gern alles erklärt. Dass zwischen mir und Miriam absolut nichts lief und wir nur zusammen Hausaufgaben machten. Dass sie mir nichts bedeutete und dass ich sie nicht erwähnt hatte aus Angst, sie, Jenny, könnte die Situation falsch deuten. Doch mein Hals war wie zugeschnürt.

»Kellerasseln, mhh!«, sagte Jenny mit einer Schärfe, dass man sich die Finger daran hätte schneiden können. Sie drehte sich um und stapfte davon.

Ich blickte ihr verzweifelt hinterher. *O Jenny, komm zurück!* Mein Herz wurde schwer wie ein voll gesogenes Bärenfell.

Rendezvous

JENNY Ich hing zwei Tage durch und wäre am liebsten nicht zur Schule gegangen. Zum Glück fuhr Finn morgens auch weiterhin mit seinem Fahrrad, so dass mir eine Begegnung mit ihm erspart blieb. Ich wünschte, ich wäre ihm nie begegnet. Mich so zu demütigen! Sollte er sich doch von mir scheiden lassen und mit seiner blöden Kellerassel glücklich werden. Ich stand am Fenster und starrte auf die Eiche, unter der wir uns zum ersten Mal geküsst hatten. Ich empfand nichts, nur eine Leere so groß wie die Nordsee, aus der jemand den Stöpsel gezogen hat. Von nun an würde ich nur noch an mich denken. Jeder würde nun sein eigenes Leben leben. Finn hatte es selbst so gewollt.

Meine Gedanken wurden vom Klingeln des Telefons unterbrochen. Niemand ging ran. Ich eilte nach unten, da kam Julian angerannt.

»Lass, ich geh schon!«, rief ich ihm zu und sprintete los. Ich wollte unbedingt vor ihm am Hörer sein.

Doch der Spinner war mir um eine Nasenlänge voraus. Kichernd nahm er den Hörer von der Station. Ich hätte ihm den Hals umdrehen können.

»Julian Schenk!«, meldete er sich.

Ich konnte es kaum abwarten und deutete immer wieder mit dem Zeigefinger auf mich, weil ich wissen wollte, ob mir der Anruf galt.

»Hm!«, sagte Julian in den Hörer hinein.

Ich war drauf und dran ihm das Ding aus der Hand zu reißen.

»Hm, ich geb sie dir!«, sagte Julian und hielt mir den Hörer hin.

»Wer ist es?«, flüsterte ich.

»Finn!«, kicherte Julian und rannte nach draußen.

O Gott! Finn! Darauf war ich am allerwenigsten vorbereitet! Bestimmt wollte er sich bei mir entschuldigen und alles würde wieder gut werden. Mein Herz schlug um tausend Beats schneller und meine Knie waren weich wie eingetunkte Brötchen.

»Ja!«, hauchte ich ins Telefon.

»Hier ist Lennard!«

Lennard! Na warte, Julian, wenn ich dich in die Finger kriege! Mich so reinzulegen! »Hallo!«, hauchte ich und musste kräftig schlucken.

»Ich habe dich vermisst«, sagte Lennard.

Mich vermisst? Mir wurde heiß wie in einer Bratröhre.

»Beim Richie-Konzert!«, ergänzte Lennard. »Du hast echt was verpasst!«

»Ja, ich weiß«, entgegnete ich. Das Konzert war

schon eine Weile her. Einige aus meiner Klasse waren dort gewesen. Und alle hatten von Richie geschwärmt. »Warum bist du nicht gekommen? Ich dachte, du wärst geschieden.«

»Bin ich nicht!«, antwortete ich verwirrt. »Finn und ich haben uns nur vorübergehend getrennt.«

»Ist doch fast dasselbe«, meinte Lennard. »Oder hatte deine Entscheidung etwas mit mir zu tun?«

Mir wurde immer heißer. Ich konnte ihm ja schlecht die Wahrheit sagen. Dass ich es ihm zu verdanken hatte, ihm und seinen Liebesbriefen, dass Finn aus unserer gemeinsamen Wohnung ausgezogen war. Und dass ich nicht mit ihm ins Konzert konnte, weil ich Finn nicht ganz verlieren wollte.

»Mir ... mir ging es nicht so gut«, stotterte ich.

»Verstehe«, sagte Lennard. »Und ich dachte schon, du hättest was gegen mich.«

»Quatsch!«, entgegnete ich.

»Hast du heute noch was vor?«, wollte Lennard auf einmal wissen.

»Eigentlich nicht!«, antwortete ich ohne mir was dabei zu denken.

»Das trifft sich gut«, sagte Lennard. »Ich wollte dich nämlich zum Eis einladen!«

Ich wusste überhaupt nicht, was ich sagen sollte.

»Oder magst du kein Eis!«

»Doch, schon!«, stammelte ich.

»Okay!«, sagte Lennard. »Dann treffen wir uns in einer halben Stunde bei Venezia.«

In einer halben Stunde! Vor fünf Minuten hatte ich

nicht einmal an ihn gedacht und plötzlich hatte ich eine Verabredung mit ihm. Ich war wie aufgedreht. Sollte ich so hin, wie ich war, oder mir etwas anderes anziehen? Sollte ich überhaupt hin? Die Gedanken überschlugen sich geradezu. Und was würde Finn dazu sagen?

Vergiss ihn! Es wird Zeit, dass du wieder lebst!

Ich rannte hoch in mein Zimmer, öffnete meinen Schrank, warf einen langen, verzweifelten Blick hinein und nahm das himmelblaue Kleid heraus, das ich über alles liebte. Damit sah ich bestimmt gut aus. *Bestimmt?* Und wenn Lennard das Kleid nicht gefiel? Ich wurde unsicher, schwankte auf einmal zwischen scheußlich und nicht so scheußlich, bis es nur noch scheußlich war. Ich warf das Kleid auf mein Bett und durchstöberte den Schrank. Irgendwo musste es doch ein Teil geben, das ich tragen konnte, ohne dass Lennard gleich den Schluss ziehen würde, dass ich an Geschmacksverirrung litt.

Ich durchwühlte meine sämtlichen Shirts, als mir das Doppelshirt in die Hände fiel. Ich zögerte einen Augenblick, doch dann streifte ich es mir über – es war beige und darunter oliv und hatte diese gewellten Bündchen. Jetzt noch meine Stretchhose und die herzförmige Gürtelschnalle und die Sache war perfekt. Ich zwängte mich in die Hose, bekam das blöde Ding aber nicht zu. Mist! Dabei hatte sie mir vor einem halben Jahr noch so wunderbar gepasst. *Du bist fett geworden, Jenny! Fett wie ein Walross!* Wütend schälte ich mich aus den Klamotten und warf sie auf mein himmelblaues Kleid. *Du hättest dich sowieso mit der Gürtelschnalle blamiert!*

Egal was ich anprobierte, ich sah fürchterlich aus. So konnte ich Lennard unmöglich gegenübertreten. Schließlich schlüpfte ich wieder in meine alten Klamotten, ging ins Badezimmer und kämmte mich im Spiegel. *Bist du hässlich!*, stellte ich mit Entsetzen fest und fand, dass es nicht schaden könne, meine Frisur ein wenig aufzupeppen, und steckte mir je zwei blaue und rote Haarspangen ins Haar. Kritisch beäugte ich mein Gegenüber. *Spieglein, Spieglein an der Wand, wer ist die Schönste im ganzen Land?*, wagte ich die berühmte Schicksalsfrage. *Du, Jenny, bist die Schönste im ganzen Land!*, vernahm ich freudig die Antwort und verließ zufrieden das Badezimmer.

Mama erzählte ich, dass ich mich mit Melli verabredet hätte und zwischen sechs und sieben wieder zurück sei.

Mama bestand aber darauf, dass ich spätestens um halb sieben zu Hause sein sollte.

»Bitte, Mama! Nur eine halbe Stunde!«, bekniete ich sie. Schließlich traf ich mich nicht jeden Tag mit einem so süßen Jungen wie Lennard.

Es nützte nichts. Halb sieben war bei Schenks gewöhnlich Abendbrotzeit.

»Ich brauche kein Abendbrot!«, sagte ich. »Ich mache ab heute Diät!«

»Krieg ich dann Jennys Joghurt?«, wollte Julian von Mama wissen.

»Kannst du haben!«, antwortete ich an ihrer Stelle.

Wenn ich auf diese Weise länger wegbleiben durfte, war es kein schlechtes Geschäft.

Doch Mama spielte nicht mit. Halb sieben war ihr unwiderruflich letztes Wort. Mit oder ohne Diät!

Murrend setzte ich mich auf mein Fahrrad und fuhr los. Ich musste mich beeilen – wegen der sinnlosen Umzieherei hatte ich mehr Zeit verloren, als mir lieb war.

Das Eiscafé war so gut wie menschenleer, lediglich hinter dem Tresen ging es ziemlich hektisch zu, was mich angesichts der wenigen Gäste etwas verwunderte. An der Wand hing eine Uhr. Ich hatte mich um acht Minuten verspätet, trotzdem war Lennard noch nicht da. Hatte er von der Warterei die Nase voll gehabt und war schon wieder gegangen? Mein Herz klopfte im Hundertstelsekundentakt. Obwohl alle Tische frei waren, hatte ich ein Problem. Wo sollte ich Platz nehmen? *Gleich hier vorne an dem Tisch? Oder an dem daneben? Oder soll ich den da drüben nehmen? Wie wäre es mit ganz dahinten dem?* Ich setzte mich einfach irgendwohin. Es war seltsam, der einzige Gast zu sein. Ich fühlte mich so unwohl wie ein Zwergkaninchen auf einer Hängebrücke.

Ich überlegte, ob es nicht doch besser sei, mich zu verdrücken und vor dem Eiscafé auf Lennard zu warten, als ich eine männliche Stimme neben mir vernahm.

»Signorina?«

Erschrocken blickte ich auf. Die Bedienung stand vor mir – ein junger Italiener – und wollte die Bestellung aufnehmen. Mit seinen schwarzen glatten Haaren sah er richtig toll aus. Melli hätte sich garantiert auf der Stelle in ihn verliebt.

»Ich … ich …!«, fing ich an zu stammeln. Was sollte ich nur sagen? Dass ich eine Verabredung mit einem Jungen hatte und mit der Bestellung gern noch etwas warten würde? Das hätte ich mich niemals zu sagen getraut. Vielleicht sollte ich einfach so tun, als wollte ich mir ein Eis bestellen.

»Haben Sie auch eine … eine Speisekarte?«, fragte ich den Italiener.

»Die Eiskarte, bitte schön!«, entgegnete dieser, nahm die Karte, die vor meiner Nase stand, und legte sie vor mir auf den Tisch.

Ich hätte mich am liebsten in der Toilette eingesperrt, so dumm kam ich mir vor. Der Kellner zog sich ohne einen Kommentar zurück. Bestimmt dachte er von mir: *Was für eine dusselige Kuh! Verwechselt die Eiskarte mit der Speisekarte und dann hat sie auch noch Tomaten auf den Augen!*

Hoffentlich kam er nicht gleich wieder zurück. Ich konnte doch nicht bestellen, bevor Lennard da war. Wo blieb er nur? Hätte ich den ganzen Stress geahnt, wäre ich niemals auf die Verabredung eingegangen. Ich holte tief Luft. Aha, die Atmung funktionierte. Wie beruhigend. Immerhin wusste ich jetzt, dass ich noch am Leben war.

Ich schlug die Karte auf, doch mir schwirrte der Kopf, als stocherte jemand mit einem großen Stock darin herum. Das Einzige, was ich erkannte, waren die vielen Fotos, die Schrift und die Preise dagegen nahm ich gar nicht wahr. Ich war viel zu sehr mit mir beschäftigt, mit mir und der verzweifelten Suche nach einem Ausweg, falls Lennard nicht bald auftauchte.

Ich weiß nicht mehr, wie viel Zeit verstrich, als ich endlich begriff, weshalb das Eiscafé so leer war. Die Leute saßen alle auf der Terrasse! Gäbe es einen Oscar für besondere Dämlichkeit, hätte ich ihn gleich doppelt verliehen bekommen. Wahrscheinlich saß Lennard draußen und bereute mit jeder Minute, die ich ihn warten ließ, dass er sich mit mir verabredet hatte.

Ich schlich auf die Terrasse und da entdeckte ich ihn auch schon. Er saß allein an einem Tisch und winkte mir zu. Mein Herz beschleunigte sich auf zwanzigfache Turbogeschwindigkeit. Fast wäre ich auf ihn zugerannt, konnte mich aber gerade noch beherrschen.

»Entschuldige, dass du warten musstest«, sagte ich und nahm ihm gegenüber Platz. »Aber mein Fahrrad war abgesperrt und ich habe den blöden Schlüssel nicht gefunden.« Ich war doch nicht verrückt und erzählte ihm, dass ich die ganze Zeit drinnen gesessen hatte. Er hätte mich sicher ausgelacht.

»Ich wollte gerade bei dir anrufen!«, entgegnete er. Vor ihm lag sein Handy.

Ich bekam einen Schreck. Zum Glück hatte er es nicht getan. Sonst hätte Mama erfahren, dass ich gar nicht bei Melli war.

»Du siehst super aus!«, sagte Lennard.

Schon im Park, als er mir die Karte für das Richie-

Konzert schenkte, hatte er mir solch ein tolles Kompliment gemacht. Finn hatte nie so etwas zu mir gesagt. Jedenfalls konnte ich mich nicht mehr daran erinnern. Vielleicht wollte ich es auch gar nicht.

»Bei unserer ersten Begegnung war dein Haar gefärbt!«, sagte Lennard.

Dass er das noch wusste. Finn wäre so etwas erst gar nicht aufgefallen. *Denk jetzt nicht immer an Finn!*

»Und du hattest auch nicht diese Spangen im Haar«, meinte Lennard. »Gefällt mir!«

Und mir gefiel seine Art. »Du machst wohl Mädchen öfter solche Komplimente«, scherzte ich.

»Das ist unfair, dass du die Mehrzahl benutzt«, wehrte sich Lennard. »Für mich existiert nur ein Mädchen!« Er schaute mich lange und prüfend an.

Ich lächelte verlegen zurück. Mir fiel zum ersten Mal auf, dass er blaue Augen hatte. Im Park war ich viel zu aufgeregt gewesen, dass ich darauf geachtet hätte. Das war ich jetzt auch. Aber im Park hatte er mich nicht so durchdringend angeschaut. Es war ein wunderschönes Blau, in das ich gern eingetaucht wäre – ein Blau wie das Wasser einer Lagune.

»Und du weißt auch, welches!«, beließ es Lennard bei der Andeutung und lächelte mich an.

Ich kriegte eine Gänsehaut. *Nein, das weiß ich nicht,* wollte ich spaßeshalber erwidern, als die Bedienung, eine Frau, wegen der Bestellung kam – ich war froh, dass es nicht der hübsche Italiener war.

Lennard schaute erst gar nicht in die Karte und bestellte sich einen Floridabecher. Ich geriet sofort in Panik, weil ich nicht schon wieder den ganzen Betrieb aufhalten wollte, zumal man der Bedienung deutlich anmerkte, dass sie im Stress war und lieber einen freien Tag gehabt hätte.

»Für mich auch!«, sagte ich in meiner Not.

Die Bedienung rauschte ab. Lennard und ich saßen schweigend da. In demselben Tempo, wie meine Nervosität zunahm, schwand mein Selbstvertrauen. Genau genommen fühlte ich mich wie Wackelpudding auf einer Kuchengabel.

FINN Noch ein paar Minuten und ich würde der stolze Besitzer eines Handys sein. Raffael hatte sich ein neues angeschafft und wollte mir sein altes verkaufen. Von meinem Taschengeld hätte ich es nicht bezahlen können, aber da war ja noch das Schmerzensgeld von der Boutiquebesitzerin. Das Einzige, was ich mir davon geleistet hatte, war die neueste CD von den Three Boys'n Trouble. Billig war sie nicht. Doch bis Weihnachten zu warten hätte mir zu lange gedauert.

Raffael und ich wollten uns beim Fußballplatz treffen, wo die D-Jugend ein Punktspiel hatte. Das Spiel war bereits im Gange, als ich ankam. Die gegnerische Mannschaft hatte den Ball und spielte unsere Abwehr schwindelig. Die Flaschen kamen einfach nicht an die Kugel. Nicht umsonst krebsten sie seit Wochen auf dem letzten Platz herum.

Raffael war schon da. Plötzlich rief jemand meinen Namen. Miriam! Auch das noch! Sie kam auf mich zugerannt. Am liebsten wäre ich getürmt. Seit dem Vorfall mit Jenny hing sie wie eine Klette an mir.

O Mann, wenn ich daran denke, wie Miriam auf einmal dazwischenplatzte, als ich mich mit Jenny in der Küche unterhielt, wird mir jetzt noch schlecht. Ich könnte mich heute noch ohrfeigen, dass ich ihr nicht gleich erzählt hatte, was Sache war – dass ich mit Miriam bloß Hausaufgaben machte und sonst nichts. Die Szene verfolgte mich Tag und Nacht. Ich begriff das alles nicht. Wenn Jenny mir egal gewesen wäre, hätte ich nachts eigentlich wie ein Murmeltier schlafen müssen. Doch ich hatte Alpträume. Ich litt. Wie passte das zusammen? Ich hatte sogar überlegt, ob ich nicht zu ihr sollte, um mich bei ihr zu entschuldigen, aber meine Füße packten es nicht. Ich meine, woher konnte ich wissen, dass ich bei ihr nicht abblitzte? Dass sie mich nicht stehen ließ wie einen alten Besen, den kein Mensch mehr braucht?

Miriam fiel mir fast um den Hals, so sehr freute sie sich über meinen Anblick. »Wie geht es Quaaak?«, fragte sie mich.

»Ähm, wem?«

»Na, Quaaak! Dem verzauberten Frosch! Vermisst er mich?«

»Ähm, direkt gesagt hat er es nicht!«

Das Schlimme war, dass alle Welt zusehen konnte, wie sie mit mir sprach und mich dabei so seltsam anblickte. Die Leute könnten denken, wir hätten etwas miteinander. Und wie schnell sprach sich so etwas herum. Gerüchte sind schneller als der Schall. Der Gedanke, dass Jenny davon erfahren könnte, beunruhigte mich. Ich war echt nicht wild darauf, noch mehr Minuspunkte bei ihr zu sammeln.

»Komisch«, sagte Miriam. »Ich habe die ganze Zeit an dich gedacht und jetzt bist du da! Meinst du nicht auch, dass das etwas zu bedeuten hat.«

»Eigentlich bin ich hier mit Raffael verabredet«, entgegnete ich. Ich schaute mich vorsichtig um, ich wollte herausfinden, wie viele Leute uns beobachteten. Gott sei Dank konzentrierte sich alles auf das Spiel.

»Unsere Begegnung ist kein Zufall!«, sagte Miriam. »Das Schicksal hat uns hier zusammengeführt!«

Wovon redete sie? Wieso zusammengeführt? Ich war allein hergekommen und wollte auch wieder allein zurück – mit dem kleinen Unterschied, dass ich diesmal ein Handy dabeihaben würde.

Und wie sie mich wieder ansah! Als wäre ich das einzig männliche Wesen auf diesem Planeten. Dabei wimmelte es hier nur so von Jungs.

»Wollen wir ein bisschen spazieren gehen und uns darüber unterhalten?«, fragte sie mich.

»Worüber?«

»Über dich und mich!«

Mein Hals fühlte sich an, als hätte jemand einen Strick darum gelegt und mal kurz daran gezogen. »Ähm, wie gesagt, ich bin mit Raffael verabredet. Ich will ihm sein ...«

»Es hat keinen Sinn, sich dagegen zu wehren!«, unterbrach mich Miriam. »Das Schicksal ist stärker! Glaub mir! Und du weißt das, denn du hast es genauso gespürt wie ich!«

»Was?« Ich blickte nervös zur Seite. Warum kam mir keiner zu Hilfe und beschützte mich vor dieser Wahnsinnigen? Raffael zum Beispiel. Doch der schien mich noch gar nicht bemerkt zu haben.

»Das Kribbeln! Als wir gemeinsam Hausaufgaben machten und sich unsere Knie berührten!«

Also hatte sie doch keine Hornhaut an der Stelle, was die Sache dummerweise erschwerte.

»Du hättest dein Knie wegziehen können«, meinte Miriam, »hast es aber nicht getan! Und als sich unsere Finger berührten, war es genauso!«

Mist! Ertappt!

»Ich fand es schön! Und du auch, wenn du ehrlich bist!«

Die Schlinge um den Hals zog sich immer enger zu. Ich schwitzte. »Verflucht heiß heute!«, sagte ich und wischte mir den Schweiß von der Stirn. Dabei war es nicht wärmer als gestern.

»Ich hätte es noch stundenlang so aushalten können«, fuhr Miriam fort.

Und ich würde gleich in meinem eigenen Schweiß ertrinken, wenn nicht sofort Rettung nahte.

»Wen ich liebe, dem bin ich auf immer treu!«, sagte Miriam. In diesem Augenblick schoss die gegnerische Mannschaft ein Tor. Die Spieler flogen sich in die Arme, während sich unsere Flaschen von der Abwehr gegenseitig die Schuld an dem Treffer zuschoben.

Jetzt oder nie!, schoss es mir wie eine steile Traumvorlage durch den Kopf. »Ich muss zu Raffael!«, sagte ich und wollte in die Pedale treten.

»Nimm mich mit!«, rief Miriam, schwang sich bei mir auf den Gepäckträger und lachte.

Mir blieb aber auch nichts erspart! Spätestens jetzt würde alle Welt denken, Miriam und ich wären ein Paar. Dass ich sie mir auf ein Floß wünschte, das mitten auf dem Ozean trieb, bekam natürlich keiner mit.

Raffael grinste, als er mich mit Miriam auf dem Gepäckträger ankommen sah.

Ich grinste schwach zurück. »Hast du das Handy dabei?«, fragte ich ihn sofort, damit er erst gar nicht auf die Idee kam, irgendeinen blöden Kommentar abzulassen.

Bevor er antworten konnte, brach erneuter Jubel aus. Die gegnerische D hatte ein weiteres Tor geschossen.

»Wetten, dass unsere wieder eine anständige Packung kriegen!«, meinte Raffael.

Das Spiel war mir so ziemlich egal. Ich wollte das Handy und dann nichts wie weg und möglichst viele Kilometer zwischen mich und Miriam legen – hunderttausend waren das Mindeste.

Ich gab Raffael das Geld und er mir dafür sein altes Handy. Die Nummer war ziemlich einfach zu merken. Miriam, selbst Handybesitzerin, speicherte sie gleich in ihr Adressbuch.

»Jetzt kann ich dir immer eine SMS schicken«, meinte sie.

Na, toll!, dachte ich. Meine Freude über den Erwerb des Handys verpuffte in null Komma nichts. Genauso schnell trat ich die Rückfahrt an.

»Gib Quaaak einen Kuss von mir!«, meinte Miriam noch.

Männer sollen im Gegensatz zu Frauen nicht ganz so alt werden, habe ich mal gehört. Jetzt war mir auch klar, warum.

JENNY Das Eis schmeckte lecker und ich war auch nicht mehr ganz so nervös.

»Warum wohnst du eigentlich nicht mehr mit ... mit diesem Dings zusammen?«, fragte mich Lennard plötzlich.

»Du meinst Finn.« Puh! Was sollte ich ihm darauf antworten?

Versuch's mal zur Abwechslung mit der Wahrheit!

»Wegen dir!«

»Wegen mir?«

»Finn hat deine Liebesbriefe entdeckt und von unserem Treffen beim Pavillon erfahren.«

»Shit!«, sagte Lennard. »Dann bin ich wohl an allem schuld.«

»Eigentlich ist es meine Schuld«, entgegnete ich. »Ich hätte mich nicht hinter seinem Rücken mit dir treffen dürfen. Ich habe sein Vertrauen missbraucht.«

»Dann hast du unsere Begegnung sicher längst bereut, genauso wie du unsere Verabredung heute bereuen wirst, sobald du zu Hause bist.«

»Damals war das etwas anderes«, entgegnete ich. »Jetzt bin ich Finn keine Rechenschaft mehr schuldig.«

»Hört sich fast an, als wolltest du dich für immer von ihm trennen«, meinte Lennard.

Ein Stich ging mitten durch mein Herz, als hätte jemand mit einer Lanze eine Kerbe hineingeritzt. Ich musste an die Kellerassel denken. »Vielleicht«, entgegnete ich und spürte einen neuerlichen Schmerz.

»Dann kann ich mir also Hoffnung machen?«, fragte Lennard und schaute mich mit seinen hübschen blauen Augen an.

Ich blickte schnell weg, erstens, weil ich befürchtete, ich könnte in dem wunderschönen Blau ertrinken, zweitens, weil ich absolut nicht wusste, was ich auf seine Frage antworten sollte. Nachher sagte ich etwas, was ich gar nicht so meinte, nur um ihm nicht wehzutun. Um überhaupt etwas sagen zu können, hätte ich mir meiner Gefühle viel sicherer sein müssen. War es mit Finn wirklich aus? Liebte ich ihn kein bisschen mehr? Was bedeutete mir Lennard? Was würde er mir jemals bedeuten können? War ich wirklich schon bereit das herauszufinden? Ich war mir unsicherer denn je.

»Du musst jetzt nicht antworten, wenn du nicht möchtest«, kam mir Lennard entgegen.

Ich lächelte ihn dankbar an.

»Spielst du Tennis?«, wechselte Lennard auf einmal das Thema.

Ich hatte Schwierigkeiten, ihm zu folgen, und schaute wohl etwas dumm aus der Wäsche.

»Oder magst du kein Tennis?«, fragte Lennard.

»Doch«, antwortete ich schnell. »Ich hatte letztes

Jahr in den Ferien einen Tenniskurs, als wir in Dänemark waren.«

»Ich würde gern mal gegen dich spielen«, sagte Lennard. »Wie wäre es mit Samstag? Da ist bei uns Tag der offenen Tür.«

Wie sich herausstellte, war Lennard Mitglied vom Tennisclub. Ich sagte ihm, dass ich gegen ihn keine Chance hätte, auch nur einen Punkt zu holen.

»Wir müssen ja nicht um Punkte spielen«, sagte Lennard. »Wir spielen einfach so, zum Spaß.«

Ich war einverstanden. Dann erzählte er mir, dass er in der letzten Saison beinahe die Kreismeisterschaft gewonnen hätte. Im Einzel. Er hätte nur verloren, weil er im entscheidenden Satz mit dem Fuß umgeknickt wäre und sich eine Bänderdehnung zugezogen hatte.

»Später will ich mal in die Nationalmannschaft und den Davis-Cup gewinnen«, fuhr Lennard fort.

»Mir würde es genügen, einfach nur gut Tennis spielen zu können«, entgegnete ich.

»Mit der Einstellung kommst du im Tennis nicht weit«, sagte Lennard. »Du musst der Beste sein! Alles andere zählt nicht.«

»Aber es muss doch welche geben, die Zweiter oder Dritter sind und Letzter«, wandte ich ein.

»Klar!«, antwortete Lennard. »Solange es die anderen sind, ist mir das recht.«

»Aber Zweiter zu sein ist doch auch was Tolles«, sagte ich.

»Zweiter!«, entgegnete Lennard verächtlich. »Glaubst du, Pete Sampras hätte siebenmal Wimbledon gewonnen, wenn er so denken würde! Nur Verlierertypen freuen sich über einen zweiten Platz.«

Ich verstand Lennard nicht. Er war auf einmal so anders, so besessen. Überhaupt nicht mehr der Junge, den ich so nett fand. Als hätte er gerade eine Verwandlung durchgemacht. »Aber dieser Pete Soundso ...«

»Sampras!«, unterbrach mich Lennard. »Pete Sampras! Hat mit neunzehn die US-Open gewonnen!«

»Der wird doch bestimmt auch mal verloren haben!«, sagte ich.

»Ja, glaubst du, er hat sich darüber gefreut?«, entgegnete Lennard leicht gereizt. »Es gibt Spieler, die zertrümmern auf dem Spielfeld ihren Schläger, so wütend sind die.«

Ich war leicht entsetzt. »Machst du das auch?«, fragte ich ihn.

»Mir ist es einmal passiert«, grinste Lennard. »Aber der blöde Schiedsrichter hat mich gleich verwarnt!«

Plötzlich kamen mir wegen Samstag Bedenken. »Vielleicht ist es gar keine so gute Idee, wenn ich gegen dich spiele«, sagte ich. »Außerdem habe ich überhaupt keinen Schläger.«

»Du kriegst einen von mir«, sagte Lennard.

»Aber nicht dass du mir vor Wut deinen Schläger an den Kopf wirfst«, sagte ich.

»Das Einzige, das ich dir entgegenwerfen würde, wäre mein Herz«, entgegnete Lennard.

»Lieber nicht!«, lachte ich. »Sonst denke ich noch, es ist ein Tennisball, und schlage es aus Versehen ins Seitenaus.«

»Dann wäre es ein Punkt für mich«, sagte Lennard.

»Aber ein sehr schmerzhafter«, witzelte ich. Ich war froh, dass die Unterhaltung diese Wendung genommen hatte und Lennard nicht mehr so komisch war.

Ich wäre gern noch geblieben, doch ein Blick auf meine Uhr machte mir einen dicken Strich durch die Rechnung. »Ich muss los!«, sagte ich leicht panisch.

»Schade«, entgegnete Lennard.

»Finde ich auch!«, sagte ich.

»Ich hoffe, du sagst das nicht nur so daher«, meinte Lennard.

Ich hatte plötzlich einen Brocken im Hals, so groß wie das Erzgebirge. Ich versuchte zu lächeln, mochte aber gar nicht wissen, was bei dem Versuch herausgekommen war.

Lennard bezahlte bei der Bedienung die beiden Floridabecher. Er musste ganz schön tief in den Geldbeutel greifen. Mir war es richtig peinlich.

Gemeinsam gingen wir zu unseren Rädern. »Danke für die Einladung«, sagte ich und reichte ihm die Hand.

»War mir eine Freude«, entgegnete Lennard. Er hielt meine Hand fest in seiner – als wolle er sie nie wieder loslassen. Ich wurde zu einer Schneeflocke, die sich in der Jahreszeit geirrt hatte.

»Dann bis Samstag«, hauchte ich.

»Bis Samstag!«, sagte Lennard und drückte weiter meine Hand.

Ich war nur noch ein kleines, unbedeutendes Teilchen dieser Welt.

»Würdest du mir einen Gefallen tun?«, fragte mich Lennard schließlich.

»Welchen?«

»Mir am Samstag das Haus zeigen, in dem du mit, ähm ... mit diesem Dings gewohnt hast?«

»Du meinst mit Finn«, entgegnete ich. Es war merkwürdig, kaum hatte ich Finns Namen ausgesprochen, hätte ich beinahe Lennard meine Hand entzogen. »Warum möchtest du es sehen?«

»Es interessiert mich«, antwortete Lennard. »Alles, was mit dir zu tun hat, interessiert mich.«

Mein Herz machte einen kleinen Freudensprung. »Einverstanden«, sagte ich.

Er hatte meine Hand noch immer nicht losgelassen. Fehlte nur noch, dass er mich zum Abschied umarmte. Schwer zu sagen, wie ich in diesem Fall reagiert hätte. Vielleicht wäre es wunderschön gewesen. Vielleicht hätte ich es auch gar nicht gewollt. Ich weiß es nicht. Auf jeden Fall wäre es eine gute Gelegenheit gewesen, das herauszufinden. Aber Lennard traute sich nicht. Merkwürdigerweise war ich kein bisschen froh darüber. Eher enttäuscht. Manchmal begriff ich mich selbst nicht mehr.

Tag der offenen Tür

JENNY »Ich kann nicht!«, stöhnte Melli. Wir standen vor dem Clubhaus von Lennards Tennisverein.

»Nun stell dich nicht so an!«, entgegnete ich. »Oder soll ich kurz Malte holen, damit er dich reinbittet?«

»Wehe!«, sagte Melli.

Ich hatte Melli von Lennard und dem Treffen im Eiscafé erzählt und vom Tag der offenen Tür. Melli hatte mir zu meiner neuen Wahl gratuliert, obwohl ich ihr mehr als einmal erklärt hatte, dass noch gar nichts entschieden sei. Melli konnte Finn nun mal nicht leiden und begrüßte daher alles, was unsere endgültige Trennung beschleunigte. Weil ich aber nicht allein zum Tennisclub wollte, hatte ich Melli gedrängt, sie möge mich begleiten. Doch Melli hatte keine Lust. Sie fand Tennis blöd, zum Gähnen langweilig. Das änderte sich erst, als sie von ihrer großen Schwester erfuhr, dass Malte am Samstag auch da sein würde, aber nicht zum Tennisspielen, sondern um Getränke zu verkaufen. Von dieser Minute an fieberte sie dem Wochenende geradezu entgegen. Jetzt waren wir hier und sie kniff.

»So nahe wirst du ihm vielleicht nie wieder kommen«, versuchte ich Melli zu ködern.

»Das ist ja das Problem!«, jammerte Melli. »Ich habe Angst davor. Mir ist schlecht. Du musst ohne mich rein!«

Dazu hatte ich wiederum keine Lust. Nicht allein unter lauter fremden Menschen. »Feigling!«, sagte ich.

Irgendwie schaffte ich es dann doch, dass sie mich begleitete. Melli war so aufgeregt, dass sie sich an meinem Arm festklammerte.

Das Gelände war voller Leute, darunter viele in unserem Alter. Ich hielt nach Lennard Ausschau und Melli natürlich nach ihrem Malte.

»Da hinten ist er!«, stieß Melli hervor und drehte sich hastig um 180 Grad. Sie hatte solch einen Schwung, dass sie mich mitriss. Viel hätte nicht gefehlt und ich wäre mit einem Jungen zusammengestoßen.

Sie konnte nur Malte gemeint haben, sonst wäre sie nicht so hektisch gewesen. Ich schaute nach hinten, dabei reckte ich meinen Hals.

»Guck nicht so auffällig hin!«, flüsterte Melli.

Malte befand sich hinter einem Getränkestand und hatte gerade nichts zu tun. Ich vertrat zwar immer noch die Meinung, dass er viel zu alt für sie war, doch wenn sie schon für ihn so schwärmte, wurde es Zeit, dass sie mal ein paar Takte mit ihm redete.

»Lass uns was zu trinken kaufen«, schlug ich daher vor.

»Bist du verrückt?«, entgegnete Melli. »Da kriegen mich keine zehn Pferde hin!«

Ich hatte zwar nicht die Kraft *eines* Pferdes, trotzdem schleppte ich sie mit. Melli stellte sich an wie ein störrischer Esel. Es nützte ihr nichts. Je mehr wir uns dem Getränkestand näherten, umso geringer wurde ihr Widerstand – wohl auch deswegen, weil sie Schiss hatte, sie könnte zu sehr auffallen und sich vor Malte blamieren.

Malte guckte zuerst mich an, dann Melli. Es hatte nicht den Anschein, als käme ihm Melli irgendwie bekannt vor. Falls doch, ließ er es sich nicht anmerken.

Melli und ich mussten kichern. Wie dumme Ziegen benahmen wir uns. Ich bestellte mir eine Cola und zahlte. Melli kriegte kein Wort heraus, Malte schien schon leicht genervt zu sein. Ich stieß ihr meinen Ellenbogen in die Seite, damit sie endlich aufwachte.

»Ich bin Melli«, fand sie schließlich ihre Sprache. »Kennst du mich nicht?«

Malte starrte sie an, als suche er in seinem Gedächtnis nach einem bekannten Gesicht.

»Ich bin die Schwester von Isabell«, klärte sie ihn auf. »Dein Bruder Yannick geht mit ihr.«

»Ah«, zeigte sich Malte wenig begeistert.

»Spielst du auch Tennis?«, wollte sie von ihm wissen.

»Habe ich nichts mit am Hut!«, antwortete Malte, als hätte Melli ihn mit der Frage beleidigt.

»Was machst du dann hier?«, fragte sie dumm.

Was er hier machte, sah ja wohl jedes Kind.

»Getränke verkaufen«, antwortete Malte unterkühlt. »Wolltest du eine Cola?«

»Ich mag auch kein Tennis«, plauderte Melli weiter. »Ich bin nur hier, weil Jenny mich bat sie zu begleiten.«

Das war die Höhe! Mich so bloßzustellen! Dabei war sie es doch, die es nicht mehr erwarten konnte, ihren Malte zu sehen.

»Du spielst wohl lieber Fußball«, sagte Melli.

»Nein, Gitarre!«, antwortete Malte trocken. »Möchtest du nun eine Cola haben oder nicht?«

»Ich liebe Gitarre«, fuhr Melli unbeirrt fort.

Dass sie auf Gitarre stand, war mir neu.

»Spielst du in einer Band?«, fragte sie ihn.

»Nein! Nur so für mich.«

»Was denn?«

»Hauptsächlich Blues.«

»Ich liebe Blues!«

Dabei hätte ich schwören können, dass sie von Blues so wenig Ahnung hatte wie ein Eichhörnchen vom Töpfern.

»Was wäre das Leben ohne Blues«, meinte Melli noch. »Ohne Janet Svansson, ohne Missy Roberts.«

»Die haben doch nichts mit Blues zu tun!«, entgegnete Malte fast schon empört.

»Aber mit Musik!«, sagte Melli. »Musik beflügelt mich. Kennst du André Böhm?«

»Wen?«, fragte Malte und guckte sie an, als wäre sie einer Nervenheilanstalt entlaufen.

»André Böhm!«, antwortete Melli ohne zu merken, dass sie kurz davor war, es sich gänzlich mit ihm zu verderben. »*Ich hab 'ne Freundin in Südtirol.* Das Lied stammt von ihm. Kennst du das nicht?«

»So was höre ich mir erst gar nicht an!«, sagte Malte und verzog sein Gesicht, als hätte ihm jemand ein Glas saure Milch zum Trinken angeboten.

»Ich habe alle CDs von ihm«, fuhr Melli unbeirrt fort.

»Ich dachte, du stehst mehr auf Blues«, wurde sie von Malte erinnert.

»Ich bin eben offen für alles, wenn du verstehst, was ich meine«, entgegnete Melli und sah ihn an, als wolle sie sich ihm jeden Augenblick an den Hals werfen.

Malte verstand gar nichts.

Ich schon und daher hielt ich es für ratsam, sie daran zu hindern, dass sie noch mehr Unsinn verzapfte. Ich fasste sie am Arm und drängte sie zum Gehen.

»Tschüs!«, sagte Melli zu Malte. »War nett sich mit dir zu unterhalten.«

Malte guckte etwas angestrengt und sagte nichts.

»Ist er nicht süß!«, seufzte Melli, nachdem wir uns einige Meter entfernt hatten.

»Und du bist unmöglich!«, entgegnete ich. »Musik beflügelt mich! Wo hast du bloß den Schrott her?«

»Aus einem Interview von André«, antwortete Melli und kicherte.

Sie und ihr dämlicher André. Dabei war sie bis vor kurzem noch voll auf Richie abgefahren. Fast hätte ich mich wieder mit ihr angelegt, weil sie zu dieser Schmalzlocke übergelaufen war. Ich kam aber nicht dazu, denn Melli schlang ihre Arme um mich. Plötzlich fing sie an zu weinen. Völlig ohne Vorwarnung.

»Ich schäme mich so!«, schluchzte sie.

Nach dem blamablen Auftritt hatte sie auch allen Grund dazu, trotzdem wollte ich kein Öl ins Feuer gießen. Sie brauchte jetzt meinen Trost und keine schlauen oder hämischen Sprüche. Ich erwiderte ihre Umarmung und so standen wir eine Weile eng umschlungen da.

Es dauerte etwas, bis sich Melli einigermaßen beruhigte. Wir ließen uns los und sanken auf den Boden nieder, dabei lehnten wir uns mit dem Rücken an den Zaun.

»Ich fühle mich wie ein Wasserballon, den jemand aus dem zwanzigsten Stockwerk geworfen hat«, stöhnte Melli.

»Das Gefühl kommt mir bekannt vor«, entgegnete ich und musste daran denken, wie ich Finn gegenübergestanden hatte und hinter ihm diese Kellerassel auftauchte.

FINN Eigentlich hätten wir ein Punktspiel gehabt. Aber die Pfeifen vom VfL waren nicht erschienen. Hatten wohl Schiss vor uns.

»Die hätten wir in Grund und Boden gespielt«, meinte Raffael.

»Mit hängenden Ohren wären sie vom Platz geschlichen!«, bestätigte ich. Schließlich belegten die Feiglinge den letzten Platz.

Da Reinhold, unser Trainer, die Bälle wieder mitgenommen hatte, konnten wir auch kein Spielchen unter uns machen, so dass sich die Mannschaft nach und nach auflöste und nur noch Raffael und ich übrig blieben.

»Ich hab's!«, sagte Raffael auf einmal und schnippte mit den Fingern. »Wir fahren zum Tennisclub! Dort ist Tag der offenen Tür!«

»Ich weiß, warum du hinwillst!«, grinste ich.

»Na logisch, zum Tennisspielen, weswegen sonst?«, sagte Raffael scheinheilig.

»Wegen Jana!«

»Jana?«

»Tu nicht so! Die aus der 7a, in die du verknallt bist. Sie spielt doch in dem Club! Hast du mir selbst erzählt! Machst dir wohl wieder Hoffnung!«

»Quatsch!«, entgegnete Raffael.

»Und warum bist du dann rot geworden?«

»Ich bin nicht rot geworden!«

»Klar! Wie eine Tomate!«

»Was ist, fährst du jetzt mit oder nicht?«, fragte Raffael genervt.

JENNY Melli und ich alberten schon wieder herum. Ich musste daran denken, was sie zu Malte gesagt hatte. »Ich bin offen für alles, wenn du verstehst, was ich meine«, äffte ich sie nach und dann lachten wir los, dass uns die Tränen in die Augen schossen. Und während wir uns wie alberne Gänse benahmen, spürte ich, wie sich die Erde wieder ganz normal um die Sonne zu drehen begann – bis plötzlich Lennard in seinem Tennisdress vor uns auftauchte und der Globus von neuem so einen merkwürdigen Drall bekam.

»Bist du schon lange hier?«, fragte er mich. In seinem Tennisdress sah er richtig toll aus.

»Nö!«, antwortete ich und konnte gerade noch ein Kichern unterdrücken. Aber dann bemerkte ich, dass sein Blick auf die Cola fiel, die Melli und ich gemeinsam ausgetrunken hatten. Ich wurde unsicher, denn er musste annehmen, dass ich sehr wohl schon eine ganze Zeit da war, und dies ohne nach ihm zu suchen. »Ich hatte nur so einen wahnsinnigen Durst«, fügte ich schnell hinzu.

Lennard schien sich mit der Erklärung abzufinden, zumindest deutete nichts darauf hin, dass er auf mich sauer war. »Mit unserem Spiel dauert es noch«, meinte er. »Ich muss mich um den Nachwuchs kümmern. Das macht vielleicht Spaß.« Dabei verdrehte er die Augen. »Du kannst ja zugucken, wenn du möchtest. Ich bin dahinten!«

Damit war die Unterhaltung bereits zu Ende, denn Lennard musste schleunigst an seinen Platz zurück.

»Hübsche Beine hat er ja, dein Lennard«, kicherte Melli.

Ich stieß ihr meinen Ellenbogen in die Seite. »Wie oft soll ich dir noch sagen, dass es nicht *mein* Lennard ist!«

»Erzähl mir nichts!«, sagte Melli. »Du würdest sofort mit ihm gehen, wenn er dich fragen würde.«

»Vielleicht«, entgegnete ich. »Vielleicht auch nicht.«

»Wenn du dir den entgehen lässt, bist du ganz schön bescheuert!«, meinte Melli. »Gegen ihn ist Finn eine Nullnummer.«

»Rede nicht so über Finn!«, sagte ich. »Das verbiete ich dir!« Auch wenn ich von Finn zutiefst enttäuscht war, konnte ich es nicht leiden, wenn Melli so abfällig über ihn sprach. Sie hatte ihm gegenüber schon immer Vorurteile gehabt, daher gab ich auf ihre Meinung über Finn nicht viel.

»Oh, entschuldige«, tat Melli beleidigt, »ich wusste nicht, dass du deinen Ex noch liebst!«

Ein Stich ging mir durchs Herz. »Halt den Mund!«, sagte ich und stieß ihr erneut den Ellenbogen in die Seite.

Kichernd erhoben wir uns. Jetzt musste ich nur noch die leere Colaflasche loswerden. Doch nach der peinlichen Vorstellung von Melli verspürte ich wenig Lust, die Flasche bei Malte abzugeben. Da verzichtete ich gern auf das Pfand.

»Nimmst du mal?«, sagte ich zu Melli und drückte ihr die Flasche in die Hand. Ich lachte. »Reingelegt!«

Melli stand auf der Leitung.

»Das Pfand kannst du behalten«, kicherte ich.

Jetzt erst begriff sie. »Du Schlange!«, entgegnete sie. »Du willst doch nur, dass ich mich noch mal blamiere!« Sie versuchte mir die Flasche aufzudrängen.

Ich lachte und wehrte mich mit Händen und Füßen.

Ein kleiner Junge, der uns anstarrte, brachte Melli auf eine Idee. »Willst du dir ein Pfand verdienen?«, fragte sie den Zwerg.

»Mh!«, antwortete dieser.

»Hier hast du eine leere Colaflasche«, sagte Melli. »Die bringst du zu dem Stand dahinten. Das Pfand kannst du behalten.«

Der Zwerg nahm die Flasche entgegen.

»Sag, dass sie von Melli ist und dass sie schön grüßen lässt!«, gab ich ihm mit auf den Weg.

»Nein, nicht!«, rief Melli entsetzt, aber der Zwerg war bereits über die sieben Berge.

»Das zahle ich dir heim!«, drohte mir Melli und dann sahen wir zu, dass wir so schnell wie möglich aus dem Blickfeld von Malte kamen.

Das gelang uns auch, denn zwischen Maltes Stand und dem Platz, auf dem Lennard spielte, befand sich eine Hecke. Wir stellten uns an den Spielfeldrand und guckten zu, wie Lennard kleinen Kindern Tennis beibrachte. Die aber trafen kaum den Ball oder schlugen ihn ins Netz, oft landete er sogar in der eigenen Hälfte. Lennard war nicht gerade zu beneiden. Manchmal blickte er zu uns her und schnitt Grimassen, so dass es die anderen nicht sehen konnten. Ich wäre auch nicht begeistert gewesen, auf diese Weise meinen Samstagnachmittag zu verbringen. Nicht ein vernünftiger Ballwechsel kam zustande. Da wurde selbst das Zuschauen zur Qual. Nicht dass ich mich gelangweilt hätte, das Einzige, was mich interessierte, war Lennard. Ihm hätte ich stundenlang zugucken können.

Ein Ball rollte mir vor die Füße. Ich bückte mich danach, als plötzlich Lennard vor mir stand. Wir blickten uns kurz in die Augen, mein Herz setzte mindestens für ein halbes Dutzend Schläge aus. Ich gab ihm die kleine gelbe Filzkugel.

»Danke!«, sagte er. Er lächelte etwas gequält.

Armer Lennard.

»Mannomann, das hat aber geknistert«, meinte Melli grinsend. »Wann ist denn die Hochzeit?«

Sie schon wieder. »Du glaubst doch nicht, dass ich in meinem Leben noch mal heiraten werde!«, sagte ich.

»Warte ab, bis ihr euch geküsst habt«, sagte Melli, »dann denkst du bestimmt anders darüber.«

Sie redete in einer Lautstärke, als wären wir allein auf dem Platz. »Lauter geht's wohl nicht mehr!«, ermahnte ich sie zu mehr Diskretion.

Melli verstand mich natürlich absichtlich falsch. Sie erhob ihre Stimme: »Warte mal ab, bis ihr euch ...«

Weiter kam sie nicht, denn ich hatte ihr den Mund zugehalten. »Du bist so was von peinlich!«, warf ich ihr vor. Ich guckte zu Lennard, aber der hatte zum Glück nichts mitbekommen.

Melli befreite sich. Sie lachte, hielt sich jedoch ansonsten mit Kommentaren zurück, so dass ich mich wieder ganz auf Lennard konzentrieren konnte. Melli hatte übrigens mit ihrer Bemerkung Recht. Lennard hatte wirklich hübsche Beine, nicht solche Stelzen wie Linus aus meiner Klasse, wo man jederzeit damit rechnen muss, dass er sich die Gräten bricht, wenn man ihn aus Versehen anrempelt. Die von Finn waren auch nicht übel gewesen, aber so genau konnte ich mich nicht mehr an sie erinnern. Dafür erinnerte ich mich an unseren ersten Kuss umso besser. Als wäre es gestern gewesen. Doch etwas in mir wehrte sich gegen die ungeplante Rückblende und so verpasste ich der Vergangenheit einen kräftigen Stoß, dass sie schnurstracks aus meinen Gedächtnis flog, nicht für immer und ewig – das war sowieso nicht möglich (den ersten Kuss vergisst man nie) –, nur für eine Weile, so lange, dass sie mich in der Gegenwart nicht unnötig ablenkte.

Rache ist süß

JENNY Endlich wurde Lennard abgelöst. »Gleich stehe ich dir zur Verfügung«, sagte er zu mir. »Aber vorher hole ich mir noch was zu trinken.«

»Gleich stehe ich dir zur Verfügung«, ahmte Melli Lennard nach, als dieser sich entfernt hatte. Sie grinste. »Fragt sich nur, wofür.« Und dann spitzte sie den Mund zu einem Kuss. Sie konnte es einfach nicht lassen.

»So«, sagte Lennard, als er wieder zurück war, »jetzt können wir unser Match machen. Platz vier ist gerade frei geworden.«

»Willst du dich nicht erst ein bisschen ausruhen?«, fragte ich ihn.

»Wozu?«, antwortete er. »Ich habe mich lange genug ausgeruht. Ich brauche dringend ein bisschen Bewegung.«

Er ging zu seiner Sporttasche und lieh mir seinen zweiten Schläger. »Kannst du überhaupt so spielen?«, fragte er mich.

Ich hatte meine normalen Klamotten an. Nicht gerade schlau in Straßenkleidung anzutreten, ich weiß, aber im Sportdress wäre ich mir irgendwie blöd vorgekommen.

»Kein Problem«, antwortete ich. »Ich habe doch Turnschuhe an.«

Der Platz, auf dem wir spielen wollten, war ziemlich eng. Daher musste Melli aus der Entfernung zugucken.

Ich war ein wenig nervös. Es war klar, dass ich keine Chance gegen Lennard haben würde, mir ging es nur darum, mich nicht bis auf die Knochen zu blamieren.

»Ich zeig dir mal, wie man einen vernünftigen Aufschlag macht!«, rief Lennard zu mir rüber. Er warf den Ball in die Höhe und schlug mit voller Wucht auf.

Die gelbe Filzkugel war so schnell, dass ich nicht herankam. Lennard lachte.

Ich betete, dass ich mich beim Aufschlag nicht allzu dumm anstellte. Tat ich aber. Fast wäre mir beim Aufprall der Schläger aus der Hand gefallen – und so landete der Versuch im Netz.

Wieder lachte Lennard.

Beim zweiten Versuch strengte ich mich mehr an. Mit Erfolg. Der Ball flog knapp über das Netz. Lennard, der auf der Grundlinie stand, flitzte los und streckte sich. Vergeblich. Diesmal lachte er nicht.

»Ein Ass!«, rief ich.

»Das war Glück!«, rief er zurück.

Wir spielten uns weiter die Bälle zu. Ich wurde immer besser, bis Lennard meinte, dass es Zeit für ein richtiges Match wäre.

»Aber nur einen Satz!«, stellte ich zur Bedingung.

»Okay!«, rief Lennard. »Aber dann sind wir schon in fünf Minuten fertig!«

Viel Gegenwehr traute er mir ja nicht zu. Egal. Die Hauptsache, ich hatte das Spiel bald hinter mir.

Lennard führte schnell zwei zu null. Er kannte keine Gnade und schlug mir die Bälle nur so um die Ohren. Nicht einen einzigen Punkt hatte ich gemacht. Wie blamabel! Dass ich verlieren würde, war klar, aber doch nicht so.

Ich legte mich ins Zeug und nutzte den Vorteil, dass ich Aufschlag hatte. Ich führte vierzig zu dreißig, war also kurz davor, auf zwei zu eins zu verkürzen.

Lennard gab keinen Ball verloren, selbst einen ungewollten Stoppball kriegte er noch – als gönnte er mir nicht einen Punkt. Wütend über meine Gegenwehr drosch er den Ball zurück.

»Aus!«, rief ich und jubelte innerlich. Es stand nur noch zwei zu eins für Lennard.

Doch Lennard erhob Protest. »Der war niemals aus!«, rief er.

»Mindestens einen halben Meter!«, übertrieb ich.

Lennard traute mir nicht. Er kam extra auf meine Seite. Ich fühlte mich etwas gekränkt und zeigte ihm den Abdruck des Balles im Sand – knapp hinter der Grundlinie.

»Der müsste hier gewesen sein!«, entgegnete Lennard und deutete mit seinem Schläger ins Feld.

»Aber da ist kein Abdruck!«, widersprach ich ihm.

»Na gut, ich schenke dir den Punkt!«, knurrte er gönnerhaft, was ich ein bisschen unfair fand. Schließlich hatte ich hart darum gekämpft. »Aber das war dein erster und letzter, wetten!«

»Wetten, nicht!«, entgegnete ich.

»Okay, die Wette gilt!«, sagte Lennard. »Um was wetten wir?«

»Weiß nicht!«, sagte ich. Hätte ich nur nicht den Mund so voll genommen.

»Ich schon!«, meinte Lennard. »Der Gewinner darf sich was aussuchen. Einverstanden?«

Ich hatte nichts dagegen.

»Du wolltest mir doch nach dem Spiel die Ferienwohnung zeigen, wo du mit diesem Dings gewohnt hast«, sagte er.

»Mit Finn, ja.« Merkwürdig, dass er immer Finns Namen vergaß. Dabei müsste er ihn mittlerweile mit verbundenen Augen schreiben können.

»Wenn ich sechs zu eins gegen dich gewinne, musst du mir einen Kuss geben. Und zwar in der Ferienwohnung!« Lennard grinste mich an.

Dass ich ihm einen Kuss geben sollte, wäre vielleicht gar nicht mal so das Problem gewesen. Aber ausgerechnet in der Ferienwohnung? Hinter den Mauern, wo ich mit Finn am glücklichsten war? Etwas in mir sträubte sich gegen die Vorstellung, Lennard dort zu küssen.

»Von mir aus«, sagte ich. »Aber nicht in der Ferienwohnung!«

»Okay«, entgegnete Lennard und blickte auf den

Boden, als ahnte er, dass er mit seinem Vorschlag vielleicht zu weit gegangen war. »Und was muss ich tun? Dir einen Kuss geben?«

Ich überlegte. Gewann er so hoch, wie er prophezeit hatte, war ihm ein Kuss sicher, spielte ich einen weiteren Punkt heraus, kriegte er einen Kuss von mir – vorausgesetzt ich ließ mich auf seinen Vorschlag ein. Das bedeutete, dass wir uns in jedem Fall küssen würden. Nicht dumm von ihm. Doch wenn Lennard dachte, ich wäre so leicht zu haben, kannte er mich schlecht. Hätte ich ihn geliebt, wäre es etwas anderes gewesen, dann hätte ich das Spielchen mitgemacht. Ich musste aber erst herausfinden, was ich für ihn empfand – ob es wahre Liebe war oder nur eine vorübergehende Schwärmerei. Nein, wenn er schon einen Kuss von mir haben wollte, würde er darum kämpfen müssen. Er sollte ordentlich ins Schwitzen kommen.

»Wenn du die Wette verlierst, musst du mir ein Gedicht schreiben«, sagte ich.

»Ein Gedicht?« Lennard guckte, als sollte er seinen Schläger in Gold verwandeln. »Ich kann keine Gedichte schreiben!«, behauptete er.

»Wer so schöne Liebesbriefe schreibt wie du, der kann auch Gedichte schreiben«, ließ ich keine Widerrede zu.

Lennard zögerte. »Okay!«, sagte er schließlich. »Du machst sowieso keinen Punkt mehr!«

»Da wäre ich mir an deiner Stelle nicht so sicher!«, konterte ich. Leicht wollte ich es ihm nicht machen, auch wenn meine Chance gleich null war.

FINN Ich konnte Raffael unmöglich allein lassen. Nicht weil er mir plötzlich so ans Herz gewachsen war. Mich interessierte lediglich, was er anstellen würde, wenn er auf seine Jana traf. Ob er dann immer noch so coole Sprüche auf Lager hatte? Als wir am Tennisclub ankamen, war ganz schön was los. Von allen Seiten wurde man geschoben. Wie bei einem Rockkonzert. Raffael reckte gleich den Hals nach seiner Jana.

Ich entdeckte sie zuerst. Sie unterhielt sich mit zwei Mädchen. Alle drei steckten in ihrem Tennisdress und alle drei waren nur am Kichern. Ich stieß Raffael an. »Da hinten ist sie! Viel Spaß!«

»He, wo willst du hin?«, erkundigte er sich panisch.

»Mich ein bisschen umgucken«, antwortete ich. »Ich will euch nicht stören!«

»Warte! Du glaubst doch nicht, dass ich da hingehe.«

»Warum nicht?«

»Bist du blind? Sie ist nicht allein!«

»Wie ich dich kenne, hast du die beiden in zwei Sekunden vertrieben«, entgegnete ich.

»Dann geh du doch hin, wenn du glaubst, dass das so einfach ist«, sagte Raffael.

»Bist du in Jana verknallt oder ich?«, musste ich ihn erinnern.

»Nachher stehen die Chancen bestimmt besser«, antwortete Raffael.

»Dann ist es vielleicht zu spät«, gab ich zu bedenken. Es machte richtig Spaß, ihn so unter Druck zu setzen. »Geh hin und frag sie, ob sie nicht Lust auf einen flotten Ballwechsel hat.«

»Und was ist, wenn sie mir den Vogel zeigt?«, fragte Raffael, der auch schon mal entschlossener war.

»Darf sie gar nicht«, antwortete ich. »Nicht am Tag der offenen Tür. Da ist sie geradezu verpflichtet mit dir zu spielen!«

»Hm!«, sagte Raffael und kratzte sich am Kopf. »Klingt gar nicht mal so blöd, dein Vorschlag.«

»Worauf wartest du dann noch?«

Raffael bestand darauf, dass ich ihn begleitete.

»Seit wann brauchst du ein Kindermädchen?«, appellierte ich an seine Männlichkeit und gab ihm einen kleinen Schubs.

Raffael traute sich tatsächlich hin. Mut hatte er ja, das muss ich sagen. Ich hätte zu hundertzwanzig Prozent gekniffen. Ich meine, wer macht sich schon gern zum Idioten, außer Raffael vielleicht?

Ich konnte sehen, wie er mit ihr sprach und wie sie darauf kurz antwortete und er dann wieder abschwirrte.

»Und, was hat sie gesagt?«, empfing ich ihn gespannt.

»Dass ich mich anstellen soll!«, antwortete Raffael leicht geknickt.

»Und wo?«

»Bei den Kurzen!«

Das war hart. Aber was hätte er anderes erwarten können, schließlich war er einen ganzen Kopf kleiner als seine Angebetete.

»Mach dir nichts draus«, tröstete ich ihn.

Raffael war so niedergeschlagen, dass er die Tennisanlage gleich wieder verlassen wollte. Ich konnte ihn mit Mühe daran hindern. Hätte ich Esel es nur nicht getan, dann wäre mir eine folgenschwere Begegnung erspart geblieben.

»He, guck mal!«, sagte Raffael. »Ist das nicht Jenny dahinten?«

Tatsächlich, dort spielte Jenny mit irgendeinem Jungen. Das gefiel mir ganz und gar nicht. »Kennst du den Typ?«, fragte ich Raffael.

»Das ist Lennard«, antwortete er.

Lennard! Der Delfinspinner! Ich dachte, mir zieht jemand den Teppich unter den Füßen weg.

JENNY Lennard spielte voll konzentriert. Nicht einen Ball schenkte er mir. Er wollte den Kuss, ganz klar, doch je siegessicherer er sich gab, umso mehr wollte ich den Kuss verhindern. Schließlich habe ich auch meinen Stolz. Ich rannte ans Netz, um den Winkel zu verkürzen. Pfiffig wie Lennard war, lupfte er den Ball über mich. Das war mir jetzt schon zum dritten oder vierten Mal passiert.

Lennard lachte. Ich fand das völlig überflüssig. Offensichtlich genügte es ihm nicht, zu wissen, dass er besser spielte als ich. Nein, er musste sich auch noch über mich lustig machen. Das war nicht der Lennard, den ich kannte.

Beim Stand von vier zu eins gelang mir ein Superpassierschlag.

»Glück gehabt!«, rief Lennard statt meine Leistung anzuerkennen und mich mal zu loben.

Ich schluckte seine Überheblichkeit wie faules Wasser und kämpfte von Ballwechsel zu Ballwechsel verbissener. Selbst an schier aussichtslose Bälle versuchte ich heranzukommen, sehr zum Vergnügen von Lennard.

»Spiel du doch mal in Klamotten!«, rief ich verärgert. Jetzt rächte es sich, dass ich keinen Sportdress anhatte. Trotzdem gab ich mein Bestes und plötzlich musste sich Lennard richtig anstrengen.

Ich drängte ihn zurück auf die Grundlinie und hetzte ihn von Seite zu Seite. Auf diese Weise war er nicht zu bezwingen, also versuchte ich es mit einem Stoppball, dabei berührte der Ball die Netzkante und plumpste auf seiner Seite in den Sand.

»Shit!«, rief Lennard.

Diesmal war ich es, die lachte.

Im Gegenzug gelang Lennard ein Ass. »Fünf zu eins!«, rief er triumphierend und grinste breit.

Er sollte ja nicht glauben, er hätte die Wette schon gewonnen. Ich war bereit alles zu geben – und wenn ich vor Kraftlosigkeit zusammenbrach. Obwohl ich Aufschlag hatte, lag ich im Nu null zu dreißig zurück. Hm! So hatte ich mir das nicht vorgestellt.

Lennards Grinsen wurde immer breiter. Und dieses grinsende Gesicht sollte ich küssen? Niemals!

Der dritte Aufschlag kam gut, Lennard schlug den Ball ins Netz. Fünfzehn zu dreißig.

»Du hättest schon längst verloren, wenn ich nicht ab und zu einen Fehler machen würde!«, rief Lennard.

Dass er die Fehler machte, weil ich mich so tapfer wehrte, kam ihm anscheinend nicht in den Sinn. Und plötzlich stand es dreißig zu dreißig.

Lennard guckte ganz zerknirscht. Das Spiel gefiel mir wieder.

Dann schlug ich ein Ass. Mein erstes. Vierzig zu dreißig für mich. Ich hätte jubeln können, aber noch war es zu früh.

Lennard stand an der Grundlinie, den Oberkörper nach vorn gebeugt, und wippte hin und her. Er machte mich ganz nervös mit seinem Getue, mit der Folge, dass ihm der Ausgleich gelang. Vierzig zu vierzig.

Ruhig, Jenny, ganz ruhig. Noch ein Ass und er kann so gut wie einpacken.

Ein Ass wurde es nicht. Lennard kam locker an den Ball und drosch ihn zurück. Die kleine Filzkugel flog so schnell heran, dass ich sie schon verloren glaubte. Ich machte einen verzweifelten Ausfallschritt und hielt einfach nur noch den Schläger hin. Ich spürte einen Aufprall, sah, wie Lennard zum Netz rannte, und dachte, na schön, dann eben nicht, als der Ball auf der Netzkante landete, sich kurz zu überlegen schien, auf welche Seite er niedergehen sollte, und sich zum Glück für Lennards Feld entschied. Jaaaa!

»Das machst du doch mit Absicht!«, schrie Lennard und warf vor Wut den Schläger auf den Boden.

»Vorteil«, rief ich unbeeindruckt. Je mehr er sich aufregte, umso unkonzentrierter würde er sein. Doch ich merkte, wie meine Kräfte nachließen.

Mach jetzt bloß keinen Fehler, Jenny!

Ich schaute zu Melli, als könnte ich in dieser entscheidenden Phase mit irgendeiner telepathischen Unterstützung von ihr rechnen. Ich wurde das Gefühl nicht los, dass Melli mich auf etwas aufmerksam machen wollte. Sie deutete mit ihrem Kopf in eine ganz bestimmte Richtung. Ich guckte etwas genauer hin, dann entdeckte ich ihn: Finn!

Ich bekam fast einen Kollaps, so geschockt war ich und mir wurde schwindelig, dass ich alles nur noch ganz verschwommen sah. Finn hier? Mich beschlich sofort ein schlechtes Gewissen.

Der erste Aufschlag landete voll im Netz.

Konzentrier dich, Jenny! Konzentrier dich!

Aber irgendwie wollte es mir nicht gelingen. Auch den zweiten Aufschlag haute ich ins Netz.

»Einstand!«, rief Lennard und grinste breit.

Mir war es plötzlich so unangenehm, dass Finn glauben könnte, ich würde etwas mit Lennard haben, nur weil wir miteinander Tennis spielten. Dabei waren meine Gewissensbisse völlig idiotisch, schließlich hatte Finn mit seiner Kellerassel angefangen. Und trotzdem quälte mich der Gedanke, Finn könnte die Situation missverstehen. Musste er denn ausgerechnet in dem Augenblick erscheinen, wo sich immer mehr herausstellte, was für ein Mensch Lennard wirklich war?

Mir gelang nichts mehr. Ich hatte mich vollends verausgabt.

»Vorteil!«, rief Lennard triumphierend, nachdem ich den Ball ins Aus geschlagen hatte.

Ich bäumte mich ein letztes Mal auf. Mein Aufschlag war gar nicht mal so schlecht, für Lennard aber keine Gefahr. Er kam immer dichter ans Netz. Es würde ein wahnsinniges Risiko sein, an ihm vorbeizuspielen. In meiner Verzweiflung lupfte ich den Ball. Lennard reagierte superschnell, rannte nach hinten und traf tatsächlich den Ball. Ich versuchte erst gar nicht ihn zu erreichen, es hätte sowieso keinen Zweck gehabt.

Lennard riss die Arme hoch. »Spiel, Satz und Sieg!«, rief er und kam zu mir gerannt. »Du hast die Wette verloren!«

»Ich weiß«, entgegnete ich kühl. Er sollte mir bloß nicht zu sehr auf die Pelle rücken. Finn war noch immer da. Könnte ich mich doch nur irgendwo verkriechen.

»Krieg ich jetzt den Kuss?«, fragte Lennard und guckte wie ein Stück Schmierseife.

»Später!«, antwortete ich. »Jetzt bin ich zu verschwitzt!« Das fehlte noch, dass Finn Zeuge wurde, wie ich Lennard einen Kuss gab. Hätte ich mich nur nicht auf diese blöde Wette eingelassen.

»Okay!«, entgegnete Lennard. »Ich will den Kuss aber noch heute haben!«

FINN Was Jenny wohl an diesem Großkotz fand? Was hatte dieser Torfkopf, was ich nicht hatte? Der Typ war doch überhaupt nicht in der Lage, eine Frau glücklich zu machen, geschweige denn ein Spiegelei zu braten oder eine Waschmaschine zu bedienen. So einer würde doch glatt vor einer Dose Ravioli verhungern. Aber Liebesbriefe schreiben! Den Frauen den Kopf verdrehen! Das konnte er, dieser Schleimer! Und Jenny war darauf hereingefallen. Sollte sie doch mit dem Delfinspinner glücklich werden, aber vorher wollte ich den beiden noch einen kleinen Besuch abstatten. Ich weiß auch nicht, was mich dazu trieb.

Lennard machte sich gerade an der Sporttasche zu schaffen, als Raffael und ich dazukamen. Melli war auch dabei. Sie grinste mich unverhohlen an. Die Begegnung war natürlich ganz nach ihrem Herzen: Der gehörnte Ehemann trifft Frau mit Lover.

»Hallo, Finn!«, begrüßte mich Jenny und guckte wie ein scheues Reh.

Lennard ließ sofort die Finger von seiner Sporttasche und starrte mich dumm an.

»Hi!«, sagte ich ganz cool. Das Herz steckte mir quer im Hals.

»Ich wusste gar nicht, dass du dich für Tennis interessierst«, sagte Jenny.

»Du kennst viele meiner Seiten nicht«, entgegnete ich.

Jenny lächelte unsicher. Schön. War ich wenigstens nicht der Einzige, der seine Gefühle nicht so ganz im Griff hatte.

»Hast du schon gespielt?«, fragte mich Jenny.

»Nein«, antwortete ich. »Hab bis jetzt noch nicht den richtigen Gegner gefunden. Kennst du jemanden, der gegen mich antreten würde, einen, der sich nicht damit begnügt, ein Mädchen an die Wand zu spielen?«

»Für dich reicht es allemal!«, sagte Lennard, der sich gleich angesprochen fühlte, was ja auch Sinn meiner Anspielung war.

»Wenn du so schlecht Tennis spielst, wie du Liebesbriefe schreibst, sehe ich schwarz für dich!«, entgegnete ich. Ich dachte mir, dass es ihn vielleicht mundtot machen würde, wenn er erfuhr, dass ich seine schwülstigen Briefe gelesen hatte.

Lennard war sichtlich um Fassung bemüht.

Ich grinste ihn an, obwohl mir kein bisschen zum Grinsen zumute war.

»Jenny haben sie jedenfalls gefallen!«, entgegnete der Schleimer schließlich großkotzig.

»Wer weiß, von wem du die Briefe abgeschrieben hast!«, machte ich weiter.

»Du bist doch bloß neidisch!«, konterte Lennard. »Auf jeden Fall werde ich sie glücklicher machen als du!«

JENNY Jetzt reichte es mir. Die beiden führten sich auf, unglaublich. Als wäre ich überhaupt nicht da. »Wer mich glücklich macht, bestimme immer noch ich!«, fuhr ich Lennard an. »Du wirst es jedenfalls nicht sein, du bist mir viel zu eingebildet und du«, sagte ich an Finn gewandt, »du kannst ja mit deiner Kellerassel glücklich werden! Komm, Melli, ich hab genug für heute!«

Damit stapften wir davon.

»Bist du verrückt?«, meinte Melli. »Wie kannst du nur Lennard einen Korb geben?«

»Es gibt Dinge, die verstehst du nicht!«, antwortete ich.

»Ich würde Malte nie so behandeln«, sagte Melli und hielt nach ihm Ausschau.

Das hätte sie lieber nicht getan, dann wäre ihr der Schock erspart geblieben. Ich wurde auf die Katastrophe erst aufmerksam, als sich Melli blitzschnell abwandte. Sie hatte Malte entdeckt. Malte und das Mädchen in seinem Arm.

FINN *Du kannst ja mit deiner Kellerassel glücklich werden!* Ich kam nicht darüber hinweg. Wie Hammerschläge dröhnten Jennys Worte noch stundenlang in meinen Ohren. Sie hatte mich endgültig abgehakt! Ganz klar! Dass sie ihrem Lover den Laufpass gegeben hatte, war nur ein schwacher Trost. Das hätte sie gleich am Anfang tun sollen. Dann wäre es erst gar nicht zur Trennung gekommen.

Ich betrat unsere Wohnung und hätte mich am liebsten ins Bett gelegt. Die Bettdecke über den Kopf und an nichts mehr denken.

Silke war gerade beim Telefonieren. »Ja, das finde ich auch«, hörte ich sie sagen. »So kann das mit den beiden auf keinen Fall weitergehen. Ah, da ist er ja. Moment, ich frage ihn gleich mal. Finn, weißt du zufällig, ob du nächsten Samstag ein Fußballspiel hast?«

»Warum?«, wollte ich wissen.

»Hast du nun ein Spiel oder nicht?«

Ich zuckte mit den Schultern. Im Augenblick beschäftigten mich ganz andere Dinge. Jennys Worte zum Beispiel.

»Bitte, es ist wichtig!«, drängte Silke.

Ich überlegte. »Ich glaube nicht«, sagte ich.

»Was heißt, du glaubst? Bist du dir sicher oder nicht?«

»Ja!«, antwortete ich. Soweit ich mich erinnerte, hatten wir Freitag das nächste Spiel. Aber meine Hand hätte ich nicht dafür ins Feuer gelegt.

»Wie es aussieht, hat Finn an dem Samstag kein Spiel«, sagte Silke ins Telefon. »Dann können wir den Tag fest einplanen. Ich rufe dich später wieder an. Bis dann.«

Silke legte auf. »Hallo, mein Schatz!«, sagte sie. Sie war richtig gut gelaunt. »Wir war dein Fußballspiel?«

»Ist ausgefallen«, antwortete ich. »Die Flaschen sind nicht erschienen.«

»Wieso kommst du dann erst jetzt?«

»War noch auf dem Tennisplatz. Die hatten Tag der offenen Tür.«

»Scheint dir aber nicht sonderlich bekommen zu sein«, meinte Silke und fuhr mir mit den Fingern durch das Haar. »So grimmig, wie du guckst.«

Ich hasste es, wenn sie mein Haar durcheinander brachte, und zog meinen Kopf beiseite.

»Ist etwas vorgefallen, das ich vielleicht wissen sollte?«, erkundigte sich Silke.

Am besten, ich ging nicht darauf ein. »Was ist mit nächstem Samstag?«, lenkte ich geschickt ab.

»Soll eine Überraschung werden«, antwortete Silke.

Ich verdrehte die Augen. Eine Überraschung. Nicht schon wieder. »Ich hasse Überraschungen!«, sagte ich.

»Diese wirst du bestimmt mögen«, meinte Silke.

»Kann ich mir beim besten Willen nicht vorstellen!«, widersprach ich.

»Wie läuft es eigentlich mit Jenny?«, wechselte Silke überraschend das Thema.

Die Frage landete wie ein Fausthieb in meinem Magen. »Bestens!«, antwortete ich gereizt.

»Meinst du nicht, dass es sinnvoll wäre, dass ihr beide euch mal zusammensetzt, um euch auszusprechen?«

»Mit Jenny kann man nicht reden!«, antwortete ich.

»Hast du dich denn schon mal ernsthaft darum bemüht?«

»Bringt doch sowieso nichts!«, wich ich aus. Ich wollte unbedingt in mein Zimmer. Silke fing an mir den Nerv zu rauben.

»Weißt du, was ich glaube?«, meinte Silke. »Dass du Jenny im Grunde deines Herzens noch immer liebst!«

Katerstimmung

JENNY Ich telefonierte mit Melli. Sie heulte, so mies ging es ihr wegen Malte. Ich fühlte mich auch nicht gerade berauschend. Wie es aussah, war ich nicht nur Lennard los, sondern auch Finn. Um Lennard tat es mir kein bisschen Leid. Aber dass ich Finn wohl endgültig verloren hatte, wollte mir einfach nicht in den Kopf. Hätte ich ihm gegenüber nur nicht den Mund so weit aufgerissen. Ich dusselige Kuh hatte ihm ja geradezu den Segen gegeben, mit seiner Kellerassel glücklich zu werden. Ich durfte gar nicht daran denken. Am liebsten hätte ich mit Melli mitgeheult. Wir telefonierten mindestens eine Stunde lang, wobei ich allerdings ständig von Mama unterbrochen wurde, weil sie selber telefonieren wollte. Alle zehn Minuten stand sie in meiner Tür. Dass man sich auch nicht einmal in Ruhe mit seiner besten Freundin am Telefon unterhalten kann. Ich erklärte Mama, dass Melli ein Problem hätte (den Vorfall mit Finn verschwieg ich ihr) und dass ich das Gespräch unmöglich abbrechen könne. Ich wurde richtig sauer. Es nützte nichts. Mama meinte, es ginge nicht, dass ich stundenlang das Telefon blockierte. Wenn Melli ein Problem hätte, solle sie herkommen oder ich zu ihr fahren. Toll! Ich sagte Melli, dass ich Schluss machen müsste und dafür nach dem Mittagessen bei ihr vorbeikäme.

Beim Mittagessen griff Mama noch einmal das Thema auf. Sie seien nicht länger bereit meine hohen Telefonkosten zu übernehmen. In Zukunft müsste ich damit rechnen, einen Teil der Kosten selbst zu tragen, wenn ich weiterhin so viel telefonierte.

Ich hatte eine bessere Lösung parat. Sie sollten mir ein Handy kaufen. So eins mit Karte. Dann hätte ich eine Kontrolle über die Kosten und wir kämen uns auch nicht mehr in die Quere, worauf Papa meinte, dass es wesentlich teurer sei, mit Handy zu telefonieren.

Das Argument ließ ich nicht zählen. Alle in meiner Klasse hätten ein Handy, entgegnete ich. Und alle könnten sich gegenseitig SMS schicken. Ich käme mir schon wie eine Außenseiterin vor.

Das sähe meine Klassenlehrerin aber anders, meinte Mama und wies auf den Elternsprechtag hin, wo Frau Kruse-Becker ihr erzählt hatte, wie beliebt ich in der Klasse sei.

»Das war vor ein paar Monaten!«, wandte ich ein.

»Wir können es uns ja mal überlegen«, meinte Papa versöhnlich.

»Danke!«, rief ich, und damit er nicht gleich einen Rückzieher machte, fiel ich ihm um den Hals.

»Noch ist nichts entschieden!«, meinte Mama.

Weil ihr Einfluss auf Papa nicht zu unterschätzen war, umarmte ich sie ebenfalls.

»Ich will auch ein Handy!«, maulte Julian.

»Du kannst ja nicht mal lesen!«, lachte ich ihn aus.

»Ich will nicht damit lesen, ich will telefonieren!«, entgegnete der Nachwuchskomiker.

Nach dem Mittagessen fuhr ich zu Melli. Sie fühlte sich noch immer elend. Ich tröstete sie. Dabei hätte ich selbst ein bisschen Beistand gebrauchen können.

»Männer bringen nur Unglück!«, schluchzte Melli.

»Aber nur weil wir immer wieder auf sie hereinfallen«, sagte ich. »Zumindest auf bestimmte Männer. Auf solche wie Lennard zum Beispiel.«

»Den konnte ich besser leiden als Finn!«, entgegnete Melli.

»Du kannst Lennard haben, wenn du willst«, sagte ich. »Noch dürfte er frei sein.«

»Nein danke!«, sagte Melli. »Ich glaube, ich werde mich nie wieder in einen Mann verlieben können.«

Sie hatte leicht reden. Bei ihr war alles entschieden. Ich hatte immer noch Finn auf meiner Liste – wenn auch leider nur mit einem dicken Fragezeichen. Ich glaube, ich hätte sofort Ja gesagt, hätte er mich gefragt, ob ich es noch einmal mit ihm versuchen will. Plötzlich hatte ich große Sehnsucht nach seiner Nähe.

FINN *Nein! Das tust du nicht! Auf keinen Fall!* Ich hasse es, wenn ich eine Entscheidung getroffen habe, und fünf Minuten später bildet sich in meinem Kopf ein Grüppchen von Gedanken, das da plötzlich meint, es müsste alles wieder umwerfen. Nur wegen Silke. Ihre Worte gingen mir einfach nicht mehr aus dem Kopf. Natürlich hatte ich sofort bestritten, dass ich Jenny noch liebte, allein schon um mein Gesicht zu wahren. Trotzdem. Plötzlich war alles wieder infrage gestellt. Von einer Sekunde auf die andere. Nur durch eine einzige Bemerkung, noch dazu eine Vermutung. Ich und Jenny lieben? Lachhaft! Lachhaft? Jenny hatte mich abgehakt. Was sollte es da noch für einen Sinn machen, sich mit ihr auszusprechen? Andererseits ... Jetzt, wo Lennard anscheinend aus dem Rennen war ...

Nein! Auf keinen Fall! Ich nicht! Soll Jenny den ersten Schritt tun. Ich laufe ihr doch nicht hinterher! So ging das den ganzen Sonntag. Ob ich auf dem Klo hockte, Gameboy spielte, in einem Buch über Dinosaurier blätterte, mir eine CD anhörte und dabei an die Decke starrte, mir etwas zu trinken holte oder mich mit einem Schokoriegel beschäftigte. Immer war da diese Opposition in meinem Kopf, die versuchte mich umzustimmen, bis sie mich fast kleingekriegt hatte und ich drauf und dran war bei Jenny an der Tür zu klingeln. O Mann, war das jedes Mal ein Kraftakt, nicht nachzugeben. Zehnmal anstrengender als jedes Konditionstraining. Und als wäre ich nicht schon gebeutelt genug, kriegte ich auch noch eine SMS. Von Miriam! Ich stand gerade in der Küche, als mich das Signal in der Hosentasche aus meinen Gedanken riss. Leonie, die zufällig anwesend war, musste natürlich gleich zu Silke rennen und ihr erzählen, dass ich ein Handy hätte. Na klasse! Ich ließ das Handy, wo es war. Dort blieb es aber nicht lange. Silke bestand darauf, es zu sehen. Wie allen Müttern, die etwas gegen unliebsame Überraschungen haben, fielen ihr gleich jede Menge Fragen ein. Woher ich das Handy hätte? Seit wann ich es hätte? Wieso sie nichts davon wisse? Was ich dafür bezahlt hätte? Und so weiter. Fragen, die einem den eh schon stressigen Sonntag zusätzlich verderben können, wenn man die widersprüchlichen Gedanken, die mich seit Stunden verfolgten, dazuzählte. Würde ich bei der Wahrheit bleiben, wäre der Sonntag womöglich vollends im Eimer. Silke würde es fertig bringen und das Handy einsacken. Um dem zu entgehen, erzählte ich ihr, dass ich das Handy gegen zwei Poster von Borussia mit Raffael getauscht hätte. Daraufhin verstummte sie erst einmal. In Ordnung fand sie mein Verhalten aber nicht. Keinen Cent wollte sie beisteuern, sollte meine Karte aufgebraucht sein, lautete ihr Schlusskommentar. Mit einer finanziellen Spritze hatte ich sowieso nicht gerechnet und so endete das Verhör nicht ganz so schlimm, wie ich befürchtet hatte. Dafür war Miriams SMS umso schlimmer:

Ich habe heute schon 172-mal an dich gedacht!

Genau 172-mal zu viel, hätte ich gern als SMS zurückgeschickt. Ich tat's nicht. Aus gutem Grund: Diese Frau war so irre und fasste meine Meldung glatt als

Heiratsantrag auf. Meine Ruhe hatte ich trotzdem nicht.

Um halb vier erreichte mich die nächste SMS:

Jetzt sind es schon 212-mal, dass ich an dich gedacht habe.

Und gegen fünf:

Bin mittlerweile bei 292-mal angelangt!

Das war der Moment, wo ich den technischen Fortschritt erstmals infrage stellte.

Wer macht den ersten Schritt

FINN Ich brachte freiwillig den Müll zur Mülltonne. Silke hatte sich schon gewundert. Nicht dass ich es nötig gehabt hätte, bei ihr Pluspunkte zu sammeln. Aber von der Mülltonne hatte man den optimalen Blick auf die Einfahrt. Und da musste Jenny morgens unweigerlich vorbei. Ich bräuchte also nur losmarschieren und alles würde ganz zufällig aussehen. Da schwebte sie auch schon vorbei. Ich nichts wie hinterher. An der Straße schaltete ich wieder einen Gang zurück. Ich war höchstens drei, vier Meter hinter ihr. Bis jetzt verlief alles nach Plan. Na ja, fast alles. Dass mich die Aktion auch Nerven kosten würde, hatte ich nicht einkalkuliert. Auf meinem Magen lastete ein Druck von gut einer Tonne pro Quadratzentimeter. Und mein Herz schlug in einem Tempo, dass es mich nicht gewundert hätte, wenn mir die Einzelteile um die Ohren geflogen wären.

Ich blieb dicht hinter Jenny. Mein Plan sah vor, dass ich mich ihr allmählich näherte und ganz lässig *Hi* zu ihr sagte oder etwas in der Art. Der Rest würde sich dann von selbst ergeben. Aber derjenige, der in der Schaltzentrale dafür zuständig war, meinen Beinen den Befehl zu geben, dass sie gefälligst einen Zahn zulegen sollten, muss wohl gerade auf dem Klo gewesen sein. Jedenfalls wurde ich kein bisschen schneller. Ich begann mir schon Sorgen zu machen und suchte verzweifelt Kontakt zur Zentrale. Mich einfach im Stich zu lassen! So ging's ja nicht – als plötzlich von rechts dieser Köter auf mich zugerannt kam und mich ankläffte. Fast wäre ich vor Schreck ins Koma gefallen. Wäre nicht der Zaun gewesen, hätte mich die Töle garantiert zerfleischt. Dieser Misthund! Mal zeigte er sich tagelang gar nicht und dann erschien er wie eine Bestie aus dem Hinterhalt.

Auch Jenny hatte sich erschrocken umgedreht. Der Schreck wich aus ihren Augen, als sie mich sah. Ich vergaß den Köter und sein nervtötendes Gekläffe.

»Fährst du heute gar nicht mit dem Rad zur Schule?«, fragte sie mich erstaunt.

Ich antwortete ihr, dass mein Rad einen Platten hätte. In Wirklichkeit hätte ich damit glatt bei der Tour de France teilnehmen können. Aber das brauchte sie nicht zu wissen. Ich meine, ich konnte ihr ja wohl schlecht erzählen, dass sie der Grund war, weshalb ich das Rad hatte stehen lassen. Kein Mann kann sich diese Blöße leisten, wenn er nicht Gefahr laufen will, bei den Frauen als Schwächling zu gelten.

Wir marschierten los. Keiner sagte ein Wort. Dabei lag mir eine ganze Reihe von Fragen auf der Zunge.

Zum Beispiel, ob es zwischen ihr und diesem Großkotz wirklich aus sei. So dumm war ich aber nicht gleich mit der Tür ins Haus zu fallen. Es musste eine andere Möglichkeit geben, die Antwort aus ihr herauszukitzeln. Etwa durch ein lockeres Gespräch.

Aber seltsamerweise kriegte ich den Mund nicht auf. Ich hätte sie nicht einmal nach der Uhrzeit fragen können. Drei Tage hatte ich diesen Augenblick hinausgezögert. Drei Tage hatte ich mit mir gerungen: Fährst du nun wieder mit dem Bus oder fährst du nicht? Jetzt war es endlich so weit und ich hatte eine Blockade wie ein Mittelstürmer mit Ladehemmung.

Ich fand, Jenny hätte ruhig mal den Mund aufmachen können. Ja, ich betete sogar darum, dass sie mit mir redete. Egal über was. Von mir aus über Grünkerngrütze und Rohkostsalat. Hauptsache, dieses grausame Schweigen hatte ein Ende.

Mir fiel ein, dass ja am Samstag die Überraschung fällig war. Silke hatte noch immer nichts Näheres darüber verlauten lassen, allerdings hatte ich auch nicht mehr danach gefragt. Ich hatte andere Dinge im Kopf.

»Silke hält mal wieder eine Überraschung für mich bereit«, brach ich das Schweigen. »Soll am Samstag stattfinden. Ich glaube, ich stelle mich Freitagabend an die Straße und trampe zu meinem Vater. Dann bin ich vor Silke sicher.«

»Komisch«, entgegnete Jenny. »Auf mich wartet auch eine Überraschung am Samstag.«

»Was denn für eine?«, erkundigte ich mich.

»Keine Ahnung«, antwortete Jenny. »Papa und Mama

haben nur gesagt, dass ich mir an dem Tag nichts vornehmen soll.«

»Merkwürdiger Zufall«, sagte ich.

»Vielleicht wollen sie uns ja wieder miteinander verheiraten«, kicherte Jenny.

»Was heißt wieder?«, sagte ich. »Ich darf dich daran erinnern, dass wir noch verheiratet sind.«

»Meinst du, das hätte ich vergessen!«, entgegnete Jenny todernst.

Ein Hoffnungsschimmer streifte mein Herz mit zweihundert Sachen und hinterließ eine kleine Delle. Plötzlich ertönte eine mir höchst vertraute Melodie in meiner Hosentasche. Eine SMS! Und ich ahnte auch, von wem. Von Miriam! Von wem sonst! Seit Tagen terrorisierte sie mich mit ihren Meldungen. Obwohl ich mich nie rührte, gab sie nicht auf. Jetzt belästigte sie mich schon in aller Herrgottsfrühe. Und das, wo Jenny bei mir war!

O Mann! Warum musstest du auch unbedingt das blöde Handy einstecken! Volltrottel!

Ich rührte das Handy nicht an.

»Seit wann hast du ein Handy?«, erkundigte sich Jenny erstaunt.

»Oh, frag mich nicht!«, stöhnte ich. Über alles hätte sie mit mir sprechen können, nur nicht über dieses idiotische Handy.

»Ich kriege auch bald eins«, sagte sie. »Dann können wir uns gegenseitig SMS schicken.«

»Ja, toll!«, entgegnete ich trotz Bauchschmerzen. Ich konnte das Kürzel SMS nicht mehr hören.

»Willst du die Nachricht nicht lesen?«

Das hätte mir noch gefehlt. »Ist bestimmt von Raffael!«, antwortete ich. »Wenn er Langeweile hat, schickt er mir immer Witze. Solche, über die man nie lachen kann.«

»Zeigst du es mir mal?«

Jetzt hieß es Nerven bewahren. »Ist nichts Besonderes!«, sagte ich.

»Trotzdem!«

Ich überlegte ernsthaft, ob ich nicht einen Herzanfall markieren sollte. Aber ein Herzanfall schien mir irgendwie zu aufwändig zu sein, nur um von dem Handy abzulenken. Das Problem löste sich schließlich von selbst. Und zwar von oben. In Form eines heimtückischen Taubenschisses – exakt auf meine linke Schulter. Äääähh! Ich blickte angewidert auf den weißen Fleck.

Jenny musste fürchterlich lachen. »Das bringt Glück!«, meinte sie.

»Ich kann's gebrauchen!«, murmelte ich und kramte ein altes, gebrauchtes Papiertaschentuch hervor, mit dem ich den Fleck halbwegs beseitigte, während Jenny kichernd zuschaute. Wenigstens war das Handy kein Thema mehr.

Miriams Meldung lautete übrigens:

Noch 32 Minuten und wir sehen uns in der Schule. Freust du dich schon?

Ich verfiel in eine kurze, aber tiefe Depression.

JENNY Ich war so froh, dass Finn wieder regelmäßig mit dem Bus zur Schule fuhr. Meist wartete er schon draußen auf mich. Dabei beeilte ich mich morgens extra, aber er war immer vor mir da. Trotzdem war es längst nicht so wie früher. Wir konnten uns einfach nicht unbeschwert miteinander unterhalten. Vielleicht lag es ja an mir. Früher redete ich frei von der Leber weg, jetzt überlegte ich mir jedes Wort dreimal, aus Angst, ich könnte etwas Falsches sagen. Ach, was würde ich darum geben, dass es wieder so wäre wie damals, als er mich noch liebte. Als wir uns liebten. Als es keinen Lennard gab. Und keine Kellerassel. Hatte er nun etwas mit ihr oder was hatte ihre Anwesenheit neulich bei ihm zu bedeuten? Wie oft hatte ich mir schon vorgenommen ihn danach zu fragen. Aber ich traute mich nicht. Ich hätte es nicht ertragen können, wenn sich herausgestellt hätte, dass sie meine Nachfolgerin war. Insofern war ich an Einzelheiten überhaupt nicht interessiert. Ich wollte einfach neben ihm sein und mich wohl fühlen. Auch wenn es nur für ein paar Minuten war, wollte ich nichts riskieren, was unser Beisammensein getrübt hätte.

FINN Miriam ging mir mit ihren SMS so auf den Geist, dass ich ihr schließlich erklärte, mein Handy wäre defekt. Es würde also gar keinen Sinn machen, wenn sie mir weitere Nachrichten schickte. Dabei funktionierte das Handy absolut perfekt. Um mich nicht zu verraten, ließ ich es ab sofort zu Hause. Ich konnte es verschmerzen, solange ich auf diese Weise endlich wieder meine Ruhe hatte. Zwar drängte Miriam darauf, dass ich ihr weiter Mathe beibrachte, ich redete mich aber damit heraus, dass ich null Termine frei hätte. Ich behauptete, dass mein Opa praktisch über Nacht blind geworden wäre (dabei hatte er bessere Augen als ein Seeadler), so dass ich jeden Nachmittag zu ihm müsse, um ihm aus der Zeitung vorzulesen. Sie würde mir gern dabei helfen, hatte sie sich sogleich angeboten. Ich antwortete, dass das unheimlich nett von ihr wäre, aber Opa würde keine fremden Menschen um sich dulden, seit er so hilflos sei. Er wolle auf keinen Fall bedauert werden und ich wäre der Einzige, den er in seiner Nähe akzeptieren würde. Seitdem erkundigte sie sich jeden Tag nach Opa. Bald wusste die ganze Klasse Bescheid. Es war nur eine Frage der Zeit, bis die Lehrer davon erfuhren und das Märchen bis zu Silke drang. Dabei hatte ich die Geschichte nur erfunden, um weitere Verwicklungen mit Miriam zu vermeiden, weil sie zwangsläufig zu Verwicklungen mit Jenny geführt hätten – wie die Erfahrung zeigte. Und obwohl Miriam keine Gefahr mehr war, kam ich mit Jenny nicht voran. Die Folge war, dass ich von Tag zu Tag einsilbiger wurde. Es wurmte mich, dass Jenny so gar kein Zeichen gab, woran ich hätte erkennen können, dass ich ihr noch etwas bedeutete.

»Vielleicht fahre ich wieder mit dem Rad in die Schule!«, sagte ich zu ihr, als wir am Morgen im Bus saßen, und beglückwünschte mich zu dem spontanen Erpressungsversuch. Jetzt war die Reihe an Jenny.

Kanufahrt mit Misstönen

FINN »Juhu!«, rief Leonie. »Wir machen eine Kanufahrt!« Sie war mit Silke bei Jennys Eltern gewesen und kam nun freudestrahlend zurückgerannt.

»Klar!«, entgegnete ich. »Eine Kanufahrt in deinem Kopf!«

»Frag doch Mama, wenn du mir nicht glaubst!«

Es stellte sich schnell heraus, dass genau dies die Überraschung war, von der Silke neulich gesprochen hatte. Ich wusste nicht, was ich davon halten sollte. Eine Kanufahrt mit Silke, Jennys Eltern, den beiden Nervensägen, Jenny und mir. Hm! Eine Paddeltour mit Jenny allein hätte ich mir vielleicht noch vorstellen können, aber so ...

»Sehr begeistert guckst du nicht gerade«, meinte Silke.

»Ist das wieder so ein merkwürdiger Versuch von euch, Schicksal zu spielen?«, fragte ich sie voller Misstrauen. »Damit Jenny und ich uns wieder versöhnen?«

»Und wenn es so wäre?«, entgegnete Silke seelenruhig.

»Dann könnt ihr euch die Kanufahrt schenken!«, antwortete ich. »Ich löse die Probleme gern auf meine Art.«

»Na, dann hat der Herr ja übermorgen ausreichend Gelegenheit dazu«, meinte Silke trocken und ließ mich stehen wie einen ausgelöffelten Joghurtbecher.

JENNY Eine Kanutour mit Finn. Gestern hätte ich mich noch riesig darüber gefreut. Jetzt sah ich dem Ausflug mit gemischten Gefühlen entgegen. Ich war wie vor den Kopf geschlagen, als Finn meinte, dass er vielleicht wieder mit dem Rad zur Schule fahren will. Ich hätte heulen können. Warum? Warum plötzlich dieser Wandel? Ich verstand es nicht. Hatte es etwas mit dieser Kellerassel zu tun? Daran musste ich immerzu denken – und an die Kanutour. Fast hätte ich vorgeschlagen, dass sie ohne mich fahren sollten.

FINN Der Kanuverleih gehörte zu einem Ausflugslokal auf der anderen Seite der Olpe. Die Olpe war ein kleiner Fluss, ideal zum Kanufahren – und zum Schwimmen. Wir stellten die Autos auf dem Parkplatz ab und räumten die wasserdichten Packsäcke aus, in die wir unsere Sachen verstaut hatten, die wir für die Tour benötigten: trockene Kleider, falls ein Kanu mal umkippte, Badesachen, Fressalien, Getränke und noch ein paar Dinge mehr. Um zum Kanuverleih zu gelangen, mussten wir eine Brücke überqueren. Jenny ging ein paar Schritte vor mir.

»Du könntest ruhig ein freundlicheres Gesicht machen!«, raunte Silke mir auf einmal zu.

Ich zog die Mundwinkel hoch und grinste wie ein Idiot. »So etwa?«, entgegnete ich.

»Schon besser«, sagte Silke spöttisch.

»Hoffentlich ist unterwegs irgendwo ein Krankenhaus«, murmelte ich.

»Wieso?«

»Falls ich einen Muskelkrampf kriege!«

»Ich hätte eine Idee, wie du das vermeiden kannst«, meinte Silke und lieferte die Auflösung gleich mit. »Versuche es doch mal mit einem echten Lächeln!«

Ich versuchte es, brachte aber kein natürliches Lächeln zustande. Ich war viel zu angespannt. Der Tag war lang und wer weiß, was sich die Erwachsenen alles so an Überraschungen ausgedacht hatten, auch wenn es sich angeblich um einen ganz normalen Familienausflug handeln sollte. Wir wollten einige Kilometer die Olpe hinauf, am frühen Nachmittag bei einem Lokal anlegen, wo es Kaffee und Kuchen gab, dann wieder umkehren und je nachdem, wann wir zurück sein würden, noch ein bisschen an der Olpe bleiben. Hörte sich alles recht harmlos an, doch die erste Überraschung ließ nicht lange auf sich warten.

»Finn, du und Jenny, ihr nehmt zusammen ein Kanu«, sagte Lars.

Jenny und ich schauten uns nur an. Sie protestierte

nicht, also tat ich es auch nicht. Wenn ich mich nicht täuschte, hatte ich sogar ein Aufblitzen in ihren Augen bemerkt – zwar keins, worauf ich mir hätte etwas einbilden können, aber immerhin. Jedenfalls ließ ich keinen Zweifel daran aufkommen, wer der Steuermann war.

»Ich sitze hinten!«, sagte ich.

Silke entschied sich für einen Einerkajak. Carmen und Lars wollten Julian und Leonie, die beide Rettungswesten trugen, in ihrem Kanu mitnehmen – in der Mitte war genügend Platz für die Zwerge.

Zuerst wurde das Kanu von Jenny und mir ins Wasser gelassen. Ich sollte das Kanu gut festhalten, damit Jenny einsteigen konnte ohne Gefahr zu laufen, dass sie über Bord ging, denn das Einsteigen ist beim Kanu der heikelste Moment. Eine Sekunde nicht aufgepasst und man macht ungewollt Bekanntschaft mit den Fischen. Ich war mir also durchaus der Verantwortung bewusst. Jenny würde sich voll und ganz auf mich verlassen können. Es hätte auch alles prima geklappt, wenn ich nicht durch einen Jungen abgelenkt worden wäre, der ein paar Meter weiter bei der Bootsanlegestelle auf einen Pfahl geklettert war und sich mit einem Salto ins Wasser stürzte. Platsch!, machte es, als Jenny, die sich gerade in das Kanu setzen wollte, plötzlich das Gleichgewicht verlor. Sie schrie und kippte in die Olpe. Platsch!, machte es zum zweiten Mal.

Ich musste furchtbar lachen – trotz des Schrecks, den ich bekommen hatte. Julian und Leonie kreischten vor Vergnügen und auch die Erwachsenen konnten sich ein Schmunzeln nicht verkneifen.

Jenny zappelte im Wasser wie eine Bachforelle an der Angel, bis sie merkte, dass sie stehen konnte. Das Wasser reichte ihr bis zur Brust.

Lars schob das Kanu beiseite, so dass Jenny an Land konnte. Pitschnass stieg sie die Stufen hoch. Sie war wütend, und obwohl mir dies eine Warnung hätte sein müssen, grinste ich vor mich hin. Silke gab mir heimlich ein Zeichen. Es nützte nichts, das Grinsen hatte sich in meinem Gesicht festgesetzt.

Carmen reichte Jenny sofort ein Handtuch, damit sie sich abtrocknen konnte.

»Das hast du absichtlich gemacht!«, schrie Jenny mich auf einmal an. Sie schlotterte am ganzen Körper.

Ihr Vorwurf traf mich hart, das Problem war nur, dass ich es nicht so richtig zeigen konnte – das Grinsen hielt sich mit einer Hartnäckigkeit, die beinahe schon lästig war.

Lars, der selbst Mühe hatte, ernst zu bleiben, ergriff für mich Partei. »Das kann schon mal passieren!«, versuchte er Jenny zu beruhigen.

»In dieses Kanu steige ich nie wieder!«, schimpfte sie. »Ich fahre überhaupt kein Kanu mehr!«

Carmen bestand darauf, dass sie erst mal trockene Sachen anziehen solle. Jenny befolgte den Rat – hinter einem Busch. Ihre Laune verbesserte sich dadurch nicht. Sie weigerte sich nach wie vor ins Kanu zu steigen.

»Nun sei nicht albern!«, sagte Lars. »Ich halte das Kanu auch fest!«

Jenny wollte nicht.

Ich stand etwas abseits und tat so, als wäre ich unsichtbar. Das Grinsen war mir gründlich vergangen.

Auf einmal kam Julian angedackelt. »Hast du das wirklich mit Absicht gemacht?«, fragte er und starrte mich an, als hätte ich einer von den Enten, die sich auf dem Gras tummelten, den Hals umgedreht.

Hätte Julian ein bisschen mehr Fantasie gehabt, hätte er begreifen müssen, dass ich eigentlich unsichtbar war und dies noch eine Weile bleiben wollte – erst recht für kleine Nervensägen. »Sehe ich vielleicht so aus?«, entgegnete ich barsch.

Damit wollte ich zum Ausdruck bringen, dass es keine Absicht war. Doch was tat dieser Zwerg? Er legte die Stirn in Falten und musterte mich.

»Woran erkennt man denn, ob jemand etwas mit Absicht macht?«, wollte er von mir wissen.

»Ganz einfach!«, antwortete ich. »Die Augenbrauen färben sich blau!«

»Gar nicht!«, meinte Julian.

»Wenn ich's dir sage! Guck genau hin! Sind meine Augenbrauen blau?«

Julian schüttelte seinen Eierkopf.

»Dann dürfte deine Frage wohl beantwortet sein!«

Julian dackelte natürlich gleich zu Carmen und erkundigte sich, ob an der Sache mit den Augenbrauen etwas dran sei. Er sollte nicht jeden Unsinn glauben, meinte Carmen bloß, während Lars noch immer bemüht war Jenny umzustimmen.

Jenny blieb stur. Sie wollte auf keinen Fall mit mir in einem Kanu sitzen.

»Na schön!«, sagte Lars schließlich. »Dann fährst du mit Carmen und Finn steigt zu mir!«

Jenny war einverstanden. Lars hielt das Kanu fest und nach mehreren zögerlichen Anläufen kletterte sie endlich hinein. Kaum saß sie drin, traf mich ihr Blick, als wollte sie sagen: *Siehst du, Papa ist nicht so gemein wie du!*

Ich blickte schnell woandershin, als gehörte ich gar nicht dazu. Und so fühlte ich mich auch – wie ein altes Regal, das keiner mehr haben will.

JENNY Die Sonne strahlte auf uns hernieder, so dass meine Haare schnell trockneten. Zum Glück fuhr Finn hinter uns, so dass ich ihn nicht ständig in meinem Blickfeld hatte. Wenn er nur nicht so fies gelacht hätte. So schnell würde ich ihm das nicht verzeihen. Mama und ich paddelten voran und bestimmten das Tempo. Gleichmäßig glitt das Kanu durch die Olpe. Ganz selten kam ein Motorboot und wühlte das ruhige Wasser des Flusses auf. Dann tanzte das Kanu auf den Wellen und ich bekam Angst, dass wir umkippen könnten. Aber wir kippten nicht um.

»Hörst du das?«, fragte mich Mama auf einmal.

Ich lauschte einen Moment. »Ja, ich höre Vogelgezwitscher!«, antwortete ich.

»Hörst du noch etwas?«

Ich streckte meinen Kopf in die Höhe, um besser lauschen zu können. »Nein!«, sagte ich.

»Hörst du Autos?«, fragte mich Mama.

»Nein!«, antwortete ich.

»Motorräder?«

»Nein!«

»Irgendwelche Stimmen?«

Jetzt verstand ich, worauf sie hinauswollte. »Es ist so still«, stellte ich fest und war verblüfft, dass ich nicht eher darauf gekommen war.

»Guck mal!«, rief Leonie auf einmal hinter uns. »Da hat jemand Müll hingeworfen!«

Nun sah ich es auch. Am Ufer lagen eine Plastiktüte und ein paar leere Bierdosen!

»Sauerei!«, meinte Papa.

Es war nicht der einzige Müll, den wir unterwegs entdeckten. Allein die vielen leeren Flaschen, die an das Ufer geschwemmt waren, hätten einen ganzen Glascontainer gefüllt. Wie Menschen der Natur nur so etwas antun konnten!

»Was passiert mit dem Müll?«, fragte ich Mama.

»Keine Ahnung«, antwortete sie.

Julian und Leonie, die offensichtlich Langeweile hatten, begannen mit einem Spiel.

»Ich sehe was, was du nicht siehst, und das ist gelb!«, rief Julian. Er meinte den Plastikkanister, der sich beim Ufer im Schilf verfangen hatte.

»Da!«, rief Leonie, die den Kanister entdeckt hatte. »Ich sehe was, was du nicht siehst, und das ist blau!«

Es war ein Stiefel.

»Ich sehe was, was du nicht siehst, und das ist weiß!«, rief Julian.

Er hatte einen der Begrenzungspfähle entdeckt, die

alle paar Meter am Straßenrand stehen. Und das, obwohl weit und breit keine Straße war. Mir war das unbegreiflich.

»Eigentlich müsste man eine Aktion starten und den ganzen Müll aufsammeln!«, meinte Silke.

Ich fand die Idee gar nicht mal so schlecht.

»Ich sehe was, was du nicht siehst, und das ist grün!«, rief Leonie.

»Die sollen damit aufhören!«, sagte ich. Die Sache war schon schlimm genug, da mussten sie nicht auch noch ein Spiel daraus machen.

FINN Rechts Weiden, links Weiden, dann eine ganze Strecke nur Schilf, so dass man von der Landschaft gar nichts sehen konnte. Atemberaubend war das nicht gerade. Hin und wieder kam mal eine Kurve, dann wurde es für einen Augenblick spannend, weil ich die Hoffnung hatte, dass dahinter vielleicht eine Stromschnelle war. Es kam aber keine. Und dann immer das gleiche Tempo. Ich hätte gern mal einen kleinen Zwischenspurt eingelegt und Jenny überholt. Wenn wir weiter so langsam fuhren, kamen wir erst übermorgen an.

»Ich muss mal!«, hörte ich Leonie hinter mir.

Na, klasse! Jetzt würden wir noch mehr Zeit verlieren! Hätte sie nicht zu Hause aufs Klo gehen können?

Zu allem Überfluss schlug Carmen auch noch vor, dass wir bei der Gelegenheit eine kleine Pause machen könnten. Lars suchte eine Stelle, wo das Ufer nicht ganz so steil war. Dort legten wir an. Ich stieg zuerst aus, dann Lars, der Leonie und Julian aus dem Kanu hievte. Leonie zog sofort ihre Hose runter.

»He, doch nicht hier, wo wir rasten wollen!«, meckerte ich und scheuchte sie hinter einen Baum.

Jenny und Carmen legten nach uns an.

»Finn, hilf doch mal Jenny aus dem Kanu!«, bat mich Lars augenzwinkernd.

Ich guckte etwas dumm aus der Wäsche. Keine Ahnung, was er sich davon versprach. Trotzdem verspürte ich einen gewissen Stolz in mir, dass er mich damit beauftragt hatte. Auf diese Weise zeigte er mir, dass er mich nicht für ganz so unfähig hielt und mir trotz des kleinen Zwischenfalls mit Jenny noch vertraute.

Ich streckte seiner Tochter die Hand entgegen.

»Ich schaff das allein!«, sagte sie.

Ich war gespannt, wie. Jenny hielt sich krampfhaft an einem Grasbüschel fest, kriegte aber das Bein nicht an Land. Ich sagte vorsichtshalber gar nichts und hütete mich davor, zu grinsen. Ich sah einfach nur zu, wie sie sich abmühte.

»Finn, nun reich ihr mal die Hand!«, sagte Silke schließlich, die noch in ihrem Kajak saß.

Als wäre es meine Schuld, dass Jenny nicht an Land gelangte. »Wenn sie doch nicht will!«, entgegnete ich.

»Jenny, wehe, wir kentern wegen dir!«, warnte Carmen sie.

Jenny schaltete weiter auf stur.

»Finn!«, herrschte Silke mich an.

Toll! Von der einen Frau wurde man ignoriert, die andere kommandierte einen. Schwaches Geschlecht – von wegen!

»Jenny, ich warne dich!«, schimpfte Carmen.

»Wenn Finn mir nicht seine Hand gibt!«, motzte Jenny.

Mir blieb die Spucke weg. Erst wollte sie meine Hilfe nicht und dann beschwerte sie sich darüber. Und da soll ein Mann noch den Kavalier spielen? Ich tat es trotzdem. Diesmal ergriff Jenny meine Hand und erklomm problemlos das Ufer. Ich fand, sie hätte sich ruhig dafür bedanken oder mir wenigstens ein Lächeln schenken können.

FINN Die Pause war kürzer, als ich befürchtet hatte, vor allem weil Lars zum Aufbruch drängte. Eine Stunde später hatten wir unser Ziel erreicht. Das Ausflugslokal, ein ehemaliges Bauernhaus direkt an der Olpe, muss sehr bekannt gewesen sein, denn draußen herrschte ein Riesenbetrieb. Wir hatten Glück, dass gerade ein Tisch mit zwei Bänken frei geworden war, und ließen uns den Kuchen schmecken. Jenny saß mir genau gegenüber. Sie hatte wie ich ein Stück Erdbeerkuchen mit Sahne bestellt.

Silke kam wieder auf den Müll an der Olpe zu sprechen und ihre Idee, den ganzen Schrott einzusammeln.

Carmen hätte sich vorstellen können mitzumachen, meinte aber, dass sie mehr Leute bräuchten. »Du kennst doch so viele Eltern vom Kindergarten«, sagte sie zu Silke. »Vielleicht schließt sich von denen noch jemand an.«

»Die drücken sich doch schon, wenn es um irgendwelche freiwilligen Arbeiten im Kindergarten geht«, entgegnete Silke.

»Ich helfe freiwillig!«, tönte Leonie.

»Ich auch!«, tönte Julian.

»Ich könnte Melli fragen«, sagte Jenny. »Und noch ein paar andere aus meiner Klasse. Von Holger weiß ich, dass seine Eltern ein Kanu haben.«

»Wir brauchen nicht nur eins«, sagte Lars, »wir brauchen mehrere Kanus. Das heißt, wir müssten sie uns ausleihen. Aber ehrlich gesagt bin ich nicht bereit auch noch dafür zu bezahlen, den Dreck anderer Leute zu beseitigen.«

Mir wäre es ähnlich ergangen.

»Wir könnten doch den Mann vom Kanuverleih fragen, ob er uns die Kanus gratis gibt«, sagte Jenny. »Extra für die Aktion.«

»Prima, Jenny!«, lobte Silke sie. »Wir lassen uns die Aktion vom Kanuverleih sponsern!«

Die ganze Zeit wurde nur von der Müllaktion geredet, wer wen noch alles kenne, der sich daran beteiligen könnte, wer die Presse informiere, die bestimmt einen Bericht darüber schreiben würde, auf welches Gebiet man sich beschränken wollte (die gesamte Strecke zu säubern hätte vermutlich ein paar Jahre gedauert), wer sich um die Müllsäcke kümmerte und so weiter. Carmen erklärte sich bereit mit der Stadt zu telefonieren, um zu klären, ob die den Abtransport des Mülls übernähme. Silke wollte die Zeitung anrufen, sie kannte zufällig den Redakteur der Lokalseite. Carmen und Silke waren richtig Feuer und Flamme.

»Du hast noch gar nichts dazu gesagt«, meinte Silke plötzlich zu mir.

»Was soll ich dazu sagen?«, wich ich aus.

»Zum Beispiel, ob du die Idee gut findest.«

Ich zuckte mit den Schultern. Erstens war ich nicht in der Stimmung, die Welt zu retten, zweitens hatte ich schon große Mühe, mein eigenes Zimmer einigermaßen sauber zu halten.

»Du wirst doch eine Meinung dazu haben«, sagte Silke.

Hatte ich auch, nur wollte ich sie für mich behalten. Von der Außenseiterrolle hatte ich erst einmal genug. »Schaden kann's ja nicht«, antwortete ich vorsichtshalber.

»Also, ich finde die Idee toll!«, sagte Jenny.

»Muss die Presse unbedingt dabei sein?«, erkundigte ich mich.

»Was hast du gegen die Presse?«, fragte Silke.

»Ich möchte nicht gern in den Verdacht geraten, ich habe nur deshalb an einer Umweltschutzaktion mitgemacht, um in die Zeitung zu kommen.« Ich hätte mir selbst auf die Schulter klopfen können, so genial fand ich die Antwort.

»Wenn die Zeitung darüber schreibt, werden andere Menschen vielleicht zu ähnlichen Aktionen ermutigt«, nahm mir Lars den Wind aus den Segeln.

»Wenn du ein Problem damit hast, fotografiert zu werden, kannst du ja heimlich aus dem Bild treten«, spöttelte Silke.

Nichts gegen einen gelungenen Schnappschuss –

von mir als Fußballer auf der ersten Seite des Sportteils, wie ich gerade den Ball ins gegnerische Netz versenke –, aber doch nicht beim Müllaufsammeln!

»Können wir jetzt los?«, wechselte ich das Thema, was dann auch für die Erwachsenen das Stichwort zum Aufbruch war.

Silke hatte aber keine Lust zurückzupaddeln. Sie wollte vorher noch gern einen kleinen Spaziergang machen. Also spazierten wir auf dem asphaltierten Damm entlang, auf der einen Seite die Olpe, auf der anderen die Straße, auf der ab und zu mal ein Auto fuhr. Dafür war auf dem Damm umso mehr Betrieb. Tausende von Radfahrern waren unterwegs, dazu jede Menge Jogger und Inlineskater.

Plötzlich flog ein riesiger Vogel über unsere Köpfe hinweg.

»Was ist das für ein Vogel?«, fragte Leonie.

»Ein Aasgeier auf Beutesuche!«, scherzte ich. »Versteck dich lieber!«

»Ist das wirklich ein Aasgeier?«, wollte Leonie von Silke wissen.

Ich musste lachen.

»Nein!«, antwortete Silke.

»Es könnte aber auch ein Flugsaurier sein!«, sagte ich.

»Du brauchst gar nicht so albern daherreden!«, meinte Silke mich zurechtstutzen zu müssen. »Du weißt doch selbst nicht, was es ist!«

»Klar weiß ich das!«, tönte ich. »Ein Storch!«

»Leonie, erkläre deinem Bruder, wie ein Storch aussieht«, sagte Silke.

»Weiß und ein bisschen schwarz«, antwortete Leonie brav. »Und der Schnabel und die Beine sind rot.«

Schlaumeierin!

»Das war ein Reiher!«, rief Jenny.

»Storch! Reiher! Ist doch fast dasselbe!«, sagte ich.

Auf einmal musste Jenny niesen.

»Gesundheit!«, murmelte ich.

»Danke!«, sagte Jenny.

Ich konnte es nicht glauben. Jenny hatte danke gesagt. Das erste nette Wort zu mir an diesem Tag. Ein fast schon historischer Moment.

Jenny und ich gingen nebeneinander her. Bald hatten die anderen einen kleinen Vorsprung. Eigentlich hatte ich damit gerechnet, dass Jenny versuchen würde sie einzuholen, doch sie leistete mir die ganze Zeit Gesellschaft.

»Hast du wirklich gedacht, das war ein Storch?«, fragte Jenny.

»Quatsch!«, antwortete ich. »Man wird ja wohl noch einen Scherz machen dürfen.«

»Dann weißt du bestimmt auch, was das da ist«, sagte Jenny und zeigte auf einen Vogel, der auf einen Baumstamm zusteuerte. Der Vogel war vorne weiß, während das übrige schwarze Federkleid so eigenartig schimmerte.

Ich hatte nicht den Hauch einer Ahnung. »Eine Flugente!«, ulkte ich.

»Das ist eine Elster!«, lachte Jenny. »Und das da?«

Der Vogel kam mir äußerst bekannt vor. »Hilfe!«, rief ich. »Eine Taube!« An Tauben hatte ich keine gute Erinnerung. Ich tat so, als befürchtete ich eine neuerliche Attacke aus der Luft, verschränkte die Arme schützend über meinem Kopf, lief davon und ließ mich nach wenigen Metern den Damm hinunterrollen. Ich blieb auf dem Bauch liegen, das Gesicht im Gras vergraben, die Arme nach wie vor als Schutz gebrauchend. So verharrte ich etliche Sekunden lang, dann hob ich vorsichtig den Kopf.

Jenny stand oben und lachte.

»Ist sie weg?«, rief ich ihr zu.

»Achtung, sie kommt wieder!«, warnte sie mich.

Ich ging erneut in Deckung.

»Falscher Alarm!«, rief Jenny. »War bloß ein Spatz!«

»Mann, kannst du einem einen Schrecken einjagen!«, stöhnte ich und erhob mich, dabei blickte ich mich sicherheitshalber nach allen Seiten um. Die Luft schien rein zu sein.

Jenny guckte kichernd zu, wie ich den Damm hinaufstapfte. Ich war kaum oben, als zwei Frauen in bunten Radlerhosen und T-Shirts zügig an uns vorbeimarschierten. Sie nahmen die gleiche Richtung wie wir. Jenny und ich stießen uns an. Die Frauen, die nicht gerade die schlanksten waren, gingen ganz komisch. Sie wackelten mit ihren dicken Hintern und auch ihr Oberkörper war ständig in Bewegung. Wie zwei Erwachsene, die Dampflok spielten, sah es aus. Zum Totlachen. Ich ahmte die beiden sofort nach. Und Jenny machte es mir nach. Kichernd wackelten wir hinter den

Dampfloks her. So viel Spaß hatte ich schon lange nicht mehr. Und dazu auch noch mit Jenny.

Schließlich gaben die Erwachsenen das Signal zur Umkehr. Diesmal gingen Jenny und ich voraus. Ich fühlte mich so wohl neben ihr. Es war viel besser als Zoff mit ihr zu haben. Ich begriff, dass Frieden etwas Schönes ist – wie ein langer Kuss unter einem Regenbogen. Und das Wichtigste: Frieden beruhigt die Nerven.

»Ich habe das heute Morgen nicht mit Absicht gemacht«, sagte ich zu ihr.

»Mit Absicht vielleicht nicht«, entgegnete Jenny etwas schnippisch und schwieg.

Es war lächerlich gewesen, anzunehmen, sie hätte mir verziehen. Hätte ich nur nicht davon angefangen und mich noch ein wenig in der guten Stimmung gesonnt, bevor sich dunkle Wolken davorschoben.

»Ich weiß, ich hätte besser aufpassen müssen, aber da war plötzlich dieser Junge, der einen Salto in die Olpe machte. Dadurch war ich abgelenkt und ausgerechnet in dem Moment steigst du ins Kanu.«

»Dann bin ich wohl schuld«, sagte Jenny.

Kaum hatten wir ein paar Worte miteinander gewechselt, war ich schon wieder der Verzweiflung nahe. Nahm das denn nie ein Ende? Müssen einen die Frauen immer missverstehen? »Es kommt nie wieder vor! Ich schwöre es!«

Sie erwiderte nichts. Was bedeutete ihr Schweigen? Dass sie mir verzieh? Dass sie mir nicht verzieh? Wollte sie, dass ich mich vor ihr auf die Knie warf und sie um Verzeihung bat?

»So eine Kanutour ist toll«, sagte Jenny auf einmal.

»Ja, super!«, bestätigte ich sofort, froh darüber, dass sie mit mir sprach.

»Ich bin gern in der Natur«, sagte Jenny. »Und du?«

Ich hatte mir darüber noch nie Gedanken gemacht. »In der Natur ist es am schönsten«, entgegnete ich.

»In Norwegen muss es ganz besonders schön sein«, sagte Jenny.

Wie kam sie ausgerechnet auf Norwegen?

»Du hast es gut. Du wirst dort deine Sommerferien verbringen.«

Ich? Ach, ja! Das Märchen von Norwegen: dass mich Papa für drei Wochen mitnehmen wollte. »Das klappt wahrscheinlich nicht«, machte ich einen auf enttäuscht.

»Warum nicht?«

»Ich fahre diesmal überhaupt nicht zu Papa«, antwortete ich. »Er hat keine Zeit. Zu viele Aufträge und so, verstehst du.« Ich konnte ja schlecht erzählen, dass ich das damals frei erfunden hatte, um sie zu schocken.

JENNY Finn fuhr keine sechs Wochen weg! Ich war so ... so ... ich will nicht sagen überglücklich, aber so ... erleichtert über die Nachricht. Heute Morgen hätte ich gejubelt, wenn er für zwei Jahre zu den Eskimos geflogen wäre. Keine sechs Wochen getrennt! Nun konnte ich mich wieder einigermaßen auf die Sommerferien freuen.

»Wir fahren diesmal in die Bretagne«, sagte ich.

»Silke will dieses Jahr mit uns nach Österreich«, sagte Finn wenig begeistert.

»In Österreich gibt es viele Berge«, entgegnete ich. »Wie in Norwegen.«

»Trotzdem! In Österreich gibt es kein Meer!«

Er könnte doch mit uns in die Bretagne fahren, hätte ich beinahe vorgeschlagen, war mir aber nicht sicher, ob ich das wirklich wollte. Ich konnte mir die Einladung gerade noch verkneifen. Dafür hatte ich eine andere Entscheidung getroffen. »Wenn du Lust hast, können wir ja auf dem Rückweg zusammen in einem Kanu fahren«, sagte ich.

»Im Ernst?«, fragte Finn.

»Klar, warum nicht?«, antwortete ich.

»Dann bist du nicht mehr sauer auf mich?«

»Ich gebe dir noch eine Chance. Aber wehe, ich lande beim Einsteigen wieder im Wasser!«

»Wenn Lars das Kanu festhält, passiert bestimmt nichts«, sagte Finn.

Als ich zu Mama sagte, dass ich mit Finn in einem Kanu sitzen will, guckten sich die Erwachsenen ganz komisch an.

»Was ist?«, fragte ich Mama.

»Was soll sein?«, entgegnete sie scheinheilig.

»Warum grinst du dann so?«

»Ich und grinsen? Lars, grinse ich?«, wandte sie sich an Papa.

Papa betrachtete Mama. »Grinsen? Ich würde eher sagen, es ist dein natürlicher Charme.«

»Ha, ha!«, sagte ich. Selten so gelacht.

Papa machte sich daran, das Boot zu halten, damit ich einsteigen konnte. »Oder soll Finn das machen?«, fragte er mich.

Ich hatte nicht viel Zeit, großartig nachzudenken. Ich blickte von Papa zu Finn, von Finn zu Papa und wieder zu Finn, der verlegen vor sich hin schaute. Bei Papa konnte ich mir sicher sein, dass nichts passierte. Aber Finn? Mir wurde richtig mulmig. Ich hatte kein Verlangen, schon wieder baden zu gehen. Und trotzdem nickte ich.

Finn schien das gar nicht recht zu sein. »Mach du das lieber«, sagte er zu Papa. »Du kannst das besser.«

»Dein Typ ist gefragt!«, entgegnete Papa.

Finn zögerte. Er sah mich an. Ich lächelte, das heißt, ich versuchte zu lächeln. Mir war so flau, dass mir höchstens eine Grimasse gelang. Schließlich gab Finn sich einen Ruck. Ich schluckte. Hoffentlich würde ich meine Entscheidung nicht bereuen. Mein Herz klopfte vor lauter Aufregung.

FINN Jetzt hieß es Nerven bewahren. Bloß keinen Fehler machen. *Reiß dich zusammen!* Mir zitterten die Hände, als ich das Kanu hielt.

Ich wartete darauf, dass Jenny einstieg. Sie wirkte unentschlossen, als hätte sie Schiss. Konnte man ihr ja auch nicht verdenken.

»Ich habe alles im Griff!«, tönte ich. Schön wär's gewesen.

Jenny zauderte noch.

»Papa soll mich festhalten«, sagte sie und streckte ihm die Hand entgegen.

Ich hatte nichts dagegen die Verantwortung mit Lars zu teilen. Im Gegenteil, ich fühlte mich dadurch gleich viel sicherer. Und falls sie wirklich ins Wasser plumpsen sollte, war ich wenigstens nicht der Alleinschuldige.

Lars ergriff Jennys Hand. Zögerlich stieg sie in das Kanu. Ich packte so fest zu, dass selbst ein Walross nicht gekentert wäre. Ich betete, dass jetzt nichts Unvorhergesehenes geschah und die ganze Aktion zum Scheitern brachte – zum Beispiel, dass ein Ufo am Himmel erschien und mich ablenkte.

Das Kanu schaukelte etwas. Das war völlig normal und dennoch rutschte mir das Herz in den Keller, wo es sich zwischen den Zehen verkroch.

»Oaaah!«, rief Jenny.

Hoffentlich saß sie bald auf ihrem Hintern. Lange spielten meine Nerven nicht mehr mit.

Und dann saß sie. Endlich! Und nichts war passiert. O Mann, jeden Tag so einen Stress und ich werde keine dreißig Jahre alt.

»Siehst du!«, tönte ich. »Und du hast Angst gehabt, du fällst wieder ins Wasser!«

»Hab ich nicht!«, entgegnete sie.

Wenn sie meinte. Bitte. Ich war nicht wild auf eine neuerliche Auseinandersetzung. Das Wichtigste war, ich hatte es nicht vermasselt. Es war ein gutes, wohliges Gefühl, als würde warmer Kakao durch meine Adern fließen.

In einem Boot

JENNY Wir paddelten gemütlich zurück – diesmal mit der Strömung. Einmal ließen wir uns einfach treiben, während Finn hinten mit dem Paddel steuerte. Ich fand, wir waren ein gutes Team. Überhaupt war die Rückfahrt viel schöner als die Hinfahrt. Finn ärgerte mich nicht ein einziges Mal. Vor allem hatte ich nicht mehr dieses mulmige Gefühl, wir könnten durch seine Ungeschicklichkeit doch noch Bekanntschaft mit der Olpe machen.

»Da, eine Flasche!«, rief ich auf einmal. Sie trieb mitten im Fluss.

»Die holen wir uns!«, rief Finn, als handelte es sich um einen Schatz.

Gemeinsam paddelten wir hin.

Ich fischte die Flasche aus dem Wasser. Sie war mit einem Korken verschlossen. »Da ist ein Zettel drin!«, rief ich.

Der Zettel war zusammengerollt.

»Zeig mal!«, rief Finn.

Ich hielt die Flasche hoch, damit er sie sehen konnte.

»Ist das eine Flaschenpost?«, fragte Julian.

»Scheint so«, antwortete Mama.

»Gib doch mal!«, sagte Finn.

»Ich habe sie zuerst gesehen!«, sagte ich und zog den Korken heraus. Ich drehte die Flasche auf den Kopf und schüttelte sie so lange, bis der zusammengerollte Zettel in meine Handfläche fiel. Das Röllchen wurde durch einen schmalen Klebestreifen zusammengehalten. Ich zog den Streifen vorsichtig ab, rollte den Zettel erwartungsvoll auseinander und begann zu lesen.

»Was steht drauf?«, wollte Finn wissen.

»Ein Rätsel!«, antwortete ich und las vor:

Es ist wertvoller als Gold,
trotzdem hat es ein jeder,
weil die Menschen aber damit geizen,
leiden sie meist große Not.

»Ein Schatzplan wäre mir lieber gewesen!«, meinte Finn.

»Da steht noch etwas«, sagte ich. »Neunundneunzig von hundert. Was bedeutet das?«

»Dass der Absender vermutlich hundert solcher Zettel verfasst hat und du den neunundneunzigsten davon in der Hand hältst«, erklärte Papa, der mit Mama und dem Kleinvolk neben uns herpaddelte.

»Dann hat er ja hundert Flaschen in die Olpe geworfen«, schlussfolgerte ich. Nicht gerade eine tolle Vorstellung, bei dem ganzen Müll, der sich überall am Ufer angesammelt hatte.

»Nicht unbedingt«, meinte Papa. »Er kann sie auch auf andere Weise verbreitet haben. Zum Beispiel mit Luftballons.«

»Oder mit einem Raumschiff!«, alberte Finn.

»Weiß einer schon die Lösung?«, fragte ich in die Runde.

Keiner wusste sie.

»Finde es doch einfach heraus«, meinte Mama.

Finde es einfach heraus, war gut. Wie denn? »Es ist wertvoller als Gold«, las ich die erste Zeile noch einmal vor.

»Diamanten!«, sagte Finn.

»Trotzdem hat es ein jeder«, las ich weiter. »Hast du etwa Diamanten?«

»In meinem Zimmer müsste ich noch welche herumliegen haben«, alberte Finn.

»Ha, ha!«, sagte ich.

»Ich habe zu Hause ganz viele Perlen!«, gab Julian seinen Senf dazu.

»Ja, aus Glas, du Dummkopf!«, entgegnete ich. »Seit wann ist Glas wertvoller als Gold?«

»In meinem Kästchen habe ich ganz viele Muscheln«, teilte uns Leonie mit.

»Könnt ihr mal den Mund halten, ihr kleinen Spinner!«, beschwerte ich mich. »Bei dem Gequatsche kann man überhaupt nicht richtig nachdenken.«

»Genau!«, sagte Finn. »Das hier ist kein popeliges Fernsehquiz, sondern was für Experten.«

»Es ist wertvoller als Gold, trotzdem hat es ein jeder«, wiederholte ich. »Wie soll das gehen? Dann wären wir ja alle reich. Aber in der letzten Zeile steht, dass die Menschen große Not leiden. Das widerspricht sich doch.«

»Der Zettel steckte in einer Schnapsflasche«, meinte Finn. »Vielleicht war der Absender ja betrunken und wusste selber nicht, was er schreibt.«

»Für einen Experten redest du ganz schön dummes Zeug«, wies Silke Finn zurecht.

»Danke für die Blumen«, entgegnete Finn.

»Du darfst dieses Gold nicht wörtlich nehmen, Jenny«, sagte Mama. »Der Absender meint womöglich etwas ganz Anderes.«

»Was denn?«

»Fang doch bei der zweiten Zeile an«, riet mir Mama. »Was hat denn ein jeder? Was hast du, was auch ich habe? Oder was hast du, was auch die Menschen in Australien haben? Oder in China?«

»Augen!«, rief Julian.

»Ohren!« Das war Leonie.

»Zum Beispiel«, lächelte Mama.

»Wieso sind Augen wertvoller als Gold?«, fragte Finn.

»Na, dann überleg mal, du Experte«, meinte Silke.

»Mit den Augen kann man sehen«, antwortete ich anstelle von Finn. »Was nützt mir das ganze Gold, wenn ich blind bin?«

»Wieso leiden wir dann Not, wenn wir sehen können?«, wandte Finn ein.

»Vielleicht weil wir trotz unserer Augen unzufrieden oder gar unglücklich sind«, sagte Mama.

»Das ergibt genauso wenig Sinn«, sagte Finn. »Wenn ich sehen kann, bin ich doch nicht unglücklich. Es sei denn, unter meiner Englischarbeit steht eine Fünf.«

»Ihr habt noch nicht die richtige Lösung gefunden«, sagte Mama. »Es muss etwas sein, was für jede Zeile passt.«

»Hm«, sagte ich und fing laut zu überlegen an. »Das, was wir suchen, ist wertvoller als Gold, trotzdem habe ich es. Es sind nicht die Augen, nicht die Ohren. Weil ich aber mit dem, was ich habe, geize, fühle ich mich unglücklich.«

Etwas gefiel mir an dieser Formulierung nicht. Dann kam ich drauf. »Ich bin aber gar nicht unglücklich«, sagte ich.

»Dann bist du also glücklich«, stellte Mama fest.

Glücklich wäre ich gewesen, wenn ... wenn Finn und ich uns wieder so wunderbar verstanden hätten wie früher. Dass ich mich nicht richtig glücklich fühlte, hieß aber nicht automatisch, dass ich unglücklich war. »Was bedeutet es, wenn man weder das eine noch das andere ist?«, fragte ich Mama.

»Das bedeutet, dass man trotzdem seinen Spaß haben kann«, antwortete Finn für Mama.

Die Erwachsenen lachten.

»Gut gesprochen, Experte«, meinte Silke, was wohl so viel wie ein Lob sein sollte.

Finn hatte tatsächlich einen klugen Satz gesagt. Ich war nicht unglücklich, ich war nicht glücklich und trotzdem hatte ich meinen Spaß. Damit war ich aber der Lösung des Rätsels kein bisschen näher gerückt.
»Kennst du die Antwort?«, fragte ich Mama.

»Ich glaube sie zu ahnen«, antwortete sie etwas nebulös.

»Was ist es denn deiner Meinung nach?«, hakte ich natürlich nach.

»Wenn du noch eine Weile darüber nachdenkst, kommst du sicher selbst dahinter«, entgegnete Mama bloß.

Kam ich aber nicht, sosehr ich mich auch anstrengte. Daher ließ ich das Rätsel Rätsel sein und konzentrierte mich wieder ganz auf die Fahrt. Die Sonne stand noch tatendurstig am Himmel, als wir den Kanuverleih erreichten. Wir hievten die Kanus an Land, räumten alles aus, und nachdem alles bezahlt war, brachten wir unsere Sachen zu den Autos. Wir waren alle mächtig hungrig. Ich glaube, ich hätte zwei vegetarische Pizzas auf einmal verdrücken können. In dem Restaurant gleich neben dem Kanuverleih gab es aber keine Pizzas und auch das vegetarische Angebot war äußerst dürftig. Nicht mal Fischstäbchen hatten sie. Ich bestellte mir einen Bauernsalat und einen Teller mit Bratkartoffeln und Spiegelei. Finn hatte sich für ein Hähnchenschnitzel mit Pommes entschieden.

Das arme Hähnchen, dachte ich so bei mir. Hat wahrscheinlich sein ganzes Leben in einem engen Käfig zugebracht und nie die Sonne gesehen. Ich wollte es mir aber nicht schon wieder mit Finn verderben, also hielt ich den Mund. Es fiel mir gar nicht mal so schwer.

Die Bratkartoffeln schmeckten gut, bis meine Gabel auf etwas stieß, das mich argwöhnisch machte. »Was ist das?«, fragte ich Papa, der neben mir saß.

»Stell dir vor, es wäre eine Zwiebel«, antwortete Papa. Er war genauso wenig ein Vegetarier wie Finn.

»Das ist aber keine Zwiebel!«, sagte ich.

»Ich habe ja auch nicht behauptet, dass es eine ist«, entgegnete er, »sondern lediglich an deine Vorstellungskraft appelliert.«

»Sieht aus wie Speck«, meinte Finn.

»Speck?« Ich erstarrte fast vor Ekel.

»Damit schmecken die Bratkartoffeln am besten«, sagte Finn ungerührt.

Speck! Ich hatte Speck gegessen! Mir war, als müsste ich mich übergeben. »Das hast du gewusst und mir nichts davon gesagt!«, warf ich Papa vor.

»Unsinn!«, entgegnete Papa. »Ich hatte keine Ahnung. Es war nicht der geringste Hinweis auf der Speisekarte.«

Ich blickte zu Mama, die sich einen großen Salat bestellt hatte.

»Schau mich nicht so an!«, sagte sie. »Ich kann nichts dafür.«

»Die mag ich nicht mehr!«, sagte ich und schob den Teller von mir weg.

»Tu den Speck doch auf meinen Teller«, schlug Finn vor.

Das war sicher nett gemeint, aber wenn sie glaubten, ich würde auch nur noch eine Bratkartoffel essen, die mit Speck in Berührung gekommen war, hatten sie sich gewaltig getäuscht. »Dann iss du sie doch!«, sagte ich nicht gerade freundlich zu Finn.

Zum Glück war Finn nicht gleich eingeschnappt. »Wir können ja tauschen«, sagte er. »Meine Pommes gegen deine Bratkartoffeln.«

»Die schmecken bestimmt nach Hähnchenschnitzel«, nörgelte ich.

FINN Diese Frau machte es einem wirklich nicht leicht. Da zeigte ich mich schon mal von meiner Schokoladenseite und sie tat so, als wäre es Zartbitter. Jeder andere Mann hätte ihr den Stinkefinger gezeigt. Ich bewahrte dennoch die Ruhe, nahm eine Pommes in die Hand und roch daran. »Stinkt nicht nach Hähnchenschnitzel«, sagte ich, worauf ich die Pommes in den Mund steckte. »Und schmeckt auch nicht nach Hähnchenschnitzel. Hier, probier eine.«

Jenny ließ sich tatsächlich auf das Angebot ein.

»Und?«, erkundigte ich mich, weil sie nichts sagte, sondern auf der Pommes herumkaute, als hätte sie Angst, das Ding könne in ihrem Mund zu einem Hähnchenschenkel mutieren.

»Na ja«, sagte Jenny mit dem Ansatz eines Lächelns.

Na ja! Dabei schmeckten die Pommes einwandfrei. Obwohl sie der Koch ruhig noch mit einer Prise mehr Paprika hätte veredeln können.

»Du musst nicht!«, sagte ich und spießte in aller Seelenruhe mit der Gabel drei, vier Pommes auf.

»Doch, ich will!«, sagte Jenny halb in Panik.

»Dann sag das doch gleich«, entgegnete ich, tat die Pommes zurück auf den Teller, spießte diesmal das Hähnchenschnitzel auf die Gabel und schob ihr meinen Teller hin, während ich mir im Gegenzug ihre Bratkartoffeln einverleibte. Nicht mal das Spiegelei wollte sie mehr haben.

»Danke!«, sagte Jenny mit einem Lächeln, das Lust auf mehr machte.

»War mir ein Vergnügen«, antwortete ich, ganz Kavalier.

»Das ist aber ein feiner Zug von dir«, sagte Lars zu mir.

Ja, mehr, mehr!

»Äußerst großzügig!«, sagte Carmen.

Ja, gut so! Nicht aufhören!

»Alle Achtung!«, meinte Silke.

Ich konnte es kaum fassen. Ein Lob von Silke. Das geschah alle hundert Jahre einmal. Meine Brust schwellte an, dass ich aufpassen musste nicht wie ein Ballon abzuheben. Die Gefahr wurde aber durch die Bratkartoffeln gebannt, die des vielen Lobes wegen gleich doppelt so gut schmeckten und einschließlich des Hähnchenschnitzels in meinem Magen eine Art Gegengewicht bildeten. Ich war jedenfalls proppensatt und auch Jenny schien trotz der Dürftigkeit auf ihrem Teller auf ihre Kosten gekommen zu sein (sie hatte ja noch ihren tollen Bauernsalat gehabt).

Nach dem Essen war nicht mehr viel los mit mir, aber nach Hause wollte ich trotzdem nicht. Auch Jenny wollte noch hier bleiben, die Zwerge sowieso. Die Erwachsenen spielten mit, breiteten ihre Badetücher, die sie aus den Autos geholt hatten, am Ufer der Olpe aus und machten es sich darauf gemütlich, während ich Jennys Schlauchboot mit der Kolbenluftpumpe aufpumpte.

Die Kleinen wollten unbedingt mit ins Boot, doch Jenny und ich wussten das zu verhindern. Außerdem war das Schlauchboot für vier Leute viel zu klein, Jenny und ich hatten ja schon Schwierigkeiten, uns darin zu bewegen.

Meist lagen wir auf dem Bauch und paddelten mit den Händen. Wir legten aber nur kurze Strecken zurück, so dass wir uns hauptsächlich in der Nähe der Brücke aufhielten. Es gab nicht die geringste Reiberei zwischen uns, weder über die Richtung noch darüber, dass ihr vielleicht der Platz nicht gefiel. Überhaupt wirkte Jenny für meinen Geschmack eine Idee zu nachdenklich. Wenn eine Frau nachdenkt und danach den Mund aufmacht, sollte ein Mann auf der Hut sein, dann ist die Welt oft nicht mehr so, wie sie drei Sekunden vorher war. Am besten, ich störte sie jetzt nicht. Andererseits habe ich etwas gegen unliebsame Überraschungen. Vielleicht konnte ich ihr ja ein paar nützliche Informationen entlocken, damit ich vorgewarnt war.

»Sollen wir wieder an Land?«, fragte ich Jenny.

Sie wollte aber nicht.

»Du siehst so müde aus, deswegen habe ich gefragt.«

»Ich bin nicht müde. Ich denke nur über das Rätsel nach, es geht mir nicht mehr aus dem Kopf.«

»Ach so«, sagte ich erleichtert. Und ich hatte schon befürchtet, es hätte etwas mit mir zu tun.

Plötzlich musste Jenny niesen. »Mir ist kalt«, sagte sie.

»Dem kann abgeholfen werden«, sagte ich, schälte mich aus meinem T-Shirt und drückte es ihr in die Hand.

»Danke!«, sagte sie und streifte das T-Shirt über ihren Badeanzug.

»Besser so?«, erkundigte ich mich.

»Hm«, antwortete sie. »Frierst du jetzt nicht?«

»Nö!«, antwortete ich. Es war noch prima warm. Und selbst wenn eine arktische Kälte durch meine Adern gekrochen wäre, hätte ich die Zähne zusammengebissen. In gewissen Situationen muss ein Mann schon mal ein kleines Opfer bringen.

Da ich also von Jenny nichts zu befürchten hatte, ließ ich sie mit ihren Gedanken allein. Die alte Entspanntheit kehrte zurück. Wir trieben gerade schön langsam an den Erwachsenen vorbei, als Jenny plötzlich rief: »Ich hab's! Ich habe das Rätsel gelöst! Es ist die Liebe! Die Liebe ist wertvoller als Gold, jeder von uns besitzt sie!«

Wenn ich an Frau Leibold, unsere Englischlehrerin, dachte, kamen mir arge Zweifel.

»Doch weil die Menschen mit der Liebe geizen, sind die meisten von uns unglücklich!«, fuhr Jenny fort.

»Gut!«, rief Carmen vom Ufer aus.

»Hast du auch an die Liebe gedacht?«, fragte Jenny Carmen.

Hatte sie. Ich wäre nie darauf gekommen. Wahrscheinlich sind nur Frauen in der Lage, solche Rätsel zu lösen.

Es war komisch, aber je länger ich über die Lösung nachdachte, umso mehr Leute fielen mir ein, zu denen das Wort Liebe so wenig passte wie Glücksgefühl zu Zahnarzt. »Wen von deinen Lehrern kannst du am wenigsten leiden?«, wollte ich von Jenny wissen.

»Herrn Seiffert!«, kam es wie aus der Pistole geschossen. »Bei dem macht Mathe überhaupt keinen Spaß! Der ist so streng. Der reinste Sklaventreiber. Vor allem zu uns Mädchen ist er richtig doof, wenn er mal was erklären soll.«

»Glaubst du, das Rätsel gilt auch für Menschen wie ihn? Ich meine, was hat ein Sklaventreiber mit Liebe zu tun?« Ich muss sagen, ich fand meinen Diskussionsbeitrag nicht schlecht. Zumindest brachte er Jenny erneut ins Grübeln.

»Es ist trotzdem kein Widerspruch«, sagte sie schließlich zu meiner Verblüffung. »Ich stelle mir das so vor, dass jeder Mensch zwei Schubladen hat, in der einen hat er seine guten Eigenschaften verstaut, in der anderen seine schlechten.«

»Ich verstehe«, sagte ich und wiederholte ihre These in einer Art Bildersprache. »In der einen bewahrt er seine Friedenspfeife auf, in der anderen die Laserkanone.«

»Das Problem ist«, fuhr Jenny unbeirrt fort, »dass bei

den meisten Leuten die Schublade mit den guten Eigenschaften klemmt, so dass sie nicht an den Inhalt herankommen. Die andere Schublade klemmt nicht und so bedienen sich die Leute daraus nach Belieben – weil es bequemer ist. Dabei bräuchten sie nur gucken, was mit der anderen Schublade los ist, und sie reparieren.«

»Oder einfach ein Brecheisen nehmen«, unterbrach ich ihre Theorie mit einem nicht ganz ernst gemeinten Beitrag. »Dann kämen sie wieder an ihre Friedenspfeife heran.«

»Vor allem gäbe es unter den Menschen mehr Liebe«, meinte Jenny. »Alle wären glücklich und zufrieden.«

Überall glückliche Menschen. Das überstieg meine Fantasie. »Stell dir mal vor, alle Menschen wären lieb und nett zueinander«, gab ich zu bedenken.

»Das wäre doch toll!«, entgegnete Jenny. »Dann gäbe es keinen Streit mehr auf der Welt.«

Keinen Streit auf der Welt. Hm! Ich weiß nicht. Vielleicht wäre das wirklich wünschenswert. Ich musste an Papa und Mama denken. Was hatten die sich früher gestritten. Und dann haben sie sich scheiden lassen. Möglicherweise wäre es nie dazu gekommen, wenn sie nur ordentlich an der einen blöden Schublade gerüttelt hätten. Jetzt war es zu spät. Doch was war mit mir? Wenn jeder Mensch zwei von solchen Schubladen hatte, musste ich ja auch welche haben. Ich machte eine kurze Inspektion meines Innenlebens, hatte aber nicht das Gefühl, dass etwas klemmte.

Jenny musste immer öfter niesen, und weil ihr trotz meines T-Shirts kälter geworden war, gingen wir an Land. Es war sowieso Zeit zum Aufbruch. Jenny hatte sich etwas Wärmeres angezogen, während ich die Luft aus dem Schlauchboot ließ. Die Erwachsenen schlenderten schon mal vor zu den Autos.

»Finn!«, hörte ich Jenny auf einmal neben mir sagen. Ihre Stimme klang ängstlich.

Ich blickte auf. Vor ihr stand ein Hund. Und was für einer. Er war riesig und grau. Das reinste Monster. Er war größer als ein Kalb – ich schwör's – und schnüffelte an Jennys Füßen herum. Ich wagte kaum zu atmen, um das Tier nicht unnötig zu reizen.

»Bronko, hierher!«, rief ein Mann von weitem. Er trug einen Hut und meinte offensichtlich das graue Monster.

Das Monster aber fand es bei uns schöner.

»Bronko, hierher!«, rief der Mann erneut.

Bronko dachte gar nicht daran. Wenn mir eins Unbehagen bereitet, dann sind es Monster, die nicht gehorchen.

Jenny wich einen Schritt zurück. Das hätte ich auch gern getan, wenn hinter mir nicht die Olpe gewesen wäre.

»Bronko!«, rief der Mann nun etwas energischer.

Bronko schnüffelte munter weiter.

»Finn!«, sagte Jenny erneut und griff dann nach meiner Hand, als sei ich der Einzige auf der Welt, der sie vor dieser Bestie beschützen könnte.

Normalerweise hätte ich mich geehrt gefühlt, doch

ich hatte zu sehr mit mir und meiner eigenen Angst zu tun, schließlich stand ja auch mein Leben auf dem Spiel. Ich spürte ihre weiche Hand und hätte gern etwas Beruhigendes gesagt. Mir fiel aber auf die Schnelle nichts Passendes ein und ehrlich gesagt war ich auch gar nicht großartig darum bemüht. Ich hielt es einfach für Zeitverschwendung. Und so standen wir beide da – Hand in Hand – und zählten die Sekunden, die wir noch hatten, bevor die Bestie das Maul aufriss und uns samt Schlauchboot verschlang.

Inzwischen war der Mann nahe genug herangekommen. »Der tut nichts«, sagte er in aller Seelenruhe.

Der tut nichts. Ha! Da stand ein Monster vor uns und er wollte uns glauben machen, es sei bloß ein Lamm. Nur dass das Lamm ein Wahnsinnsmaul mit verdammt scharfen Zähnen hatte.

»Bronko! Nun lass das endlich!«

Entweder war Bronko taub oder er hatte seine Ohren auf Durchzug gestellt.

Ich hätte dem Mann gern erklärt, wie ungeheuer stressig es ist, von einem Hund belästigt zu werden, der einem Werwolf täuschend ähnlich sieht und der auf seinen Besitzer nicht die Bohne hört. Doch ich hing an meinem Leben und sagte nichts, in der Hoffnung, er würde von ganz allein draufkommen.

»Nun komm schon, Bronko! Bronko!«

Bronko schaute nicht einmal auf, hob das Bein, pinkelte gegen einen Pfahl und trottete langsam davon.

Es wurde Zeit, Jenny zu zeigen, dass ich kein Angsthase, sondern von Anfang an Herr der Situation war, auch wenn es vielleicht nicht ganz so ausgesehen hatte.

»Was ist das eigentlich für ein Hund?«, rief ich hinter dem Mann her, als hätte mich die Begegnung mit dem Tod völlig kalt gelassen. Wenn wir schon beinahe aufgefressen worden wären, dann wollte ich auch wissen, von welcher Rasse.

»Das ist ein irischer Hirtenhund!«, rief der Mann. »Völlig harmlos!«

Völlig harmlos. Und warum klopfte mein Herz dann so?

Ich wollte mich wieder an die Arbeit machen und den Rest der Luft aus dem Schlauchboot lassen, da wurde mir erst richtig bewusst, dass Jenny noch immer meine Hand umfasste – als befürchtete sie, das Monster könnte zurückkehren. Mir wurde leicht schwindelig und dann begann es überall zu kribbeln, als wanderten Millionen von Ameisen über meine Haut und erzählten sich dabei lauter lustige Geschichten. Es war ein irres Gefühl, schön und schaurig zugleich. Jenny hielt meine Hand! Was bedeutete das? Bedeutete es überhaupt etwas? Was sollte ich tun? So verharren, bis sie ihre Hand wegzog? War es eine Versöhnungsgeste? Oder hatte sie nur noch nicht bemerkt, dass die Gefahr vorüber war? Fragen über Fragen, auf die ich keine Antworten hatte.

JENNY Ich glaube, ich wäre gestorben, wenn Finn nicht bei mir gewesen wäre. Ich hatte nicht einmal bemerkt, dass ich seine Hand ergriffen hatte. Es war ganz automatisch geschehen. Als wäre es das Selbstverständlichste auf der Welt. Jetzt stand ich immer noch so da und kam mir schrecklich hilflos vor. Nahm ich die Hand weg, könnte Finn denken, die Berührung mit ihm wäre mir unangenehm. War es mir aber nicht. Im Gegenteil. Ich fühlte mich zu ihm hingezogen wie schon lange nicht mehr.

Und er? Vielleicht war es ihm gar nicht recht, dass ich immer noch seine Hand umfasste. Vielleicht wartete er nur darauf, dass ich sie endlich losließ. *O Gott, Jenny, mach jetzt nur keinen Fehler!* Plötzlich juckte es fürchterlich in meiner Nase. Gleich würde ich wieder niesen müssen. Das Jucken wurde unerträglich, da passierte es auch schon. »Hatschi!« Die Erschütterung war gewaltig, ich wurde förmlich nach vorn gerissen. Es war die Gelegenheit. Jetzt konnte ich ihm meine Hand entziehen, ohne dass er daraus die falschen Schlüsse zog. Und das tat ich auch – wie unabsichtlich. Obwohl es natürlich viel schöner gewesen wäre, wir hätten weiter Händchen gehalten, von mir aus bis zum Sonnenuntergang. Ach, wenn Finn doch nur genauso empfunden hätte. »Hatschi!«

RosenKavalier

FINN Jenny hatte eine starke Erkältung und lag seit drei Tagen im Bett. Das verdankte sie mir. Wäre sie nicht in die Olpe geplumpst, hätte sie sich auch keine Erkältung geholt. Silke war schon leicht sauer auf mich, weil ich Jenny noch nicht besucht hatte. Ich hatte es auch schon ein paar Mal vorgehabt, doch das schlechte Gewissen hielt mich jedes Mal zurück. Wenn ich sicher gewesen wäre, dass sie sich über meinen Besuch freute, hätte ich meinen inneren Schweinehund mit Leichtigkeit überwunden und wäre rübermarschiert. So aber musste ich damit rechnen, dass sie mich mit bitteren Blicken strafte, sobald ich ihr Zimmer betrat. Das wollte ich mir ersparen. Dabei war die Kanutour doch wunderbar verlaufen, wenn man von dem Missgeschick am Anfang einmal absah. Jenny und ich hatten uns glänzend verstanden. Es war fast wie in alten Zeiten. Wenn da nicht immer diese Unsicherheit gewesen wäre, ob ich auch wirklich das Richtige tat. Irgendwie konnte es so nicht weitergehen. Dieses ewige Hin und Her machte mich noch ganz verrückt. Ich meine, ich hätte endlich gern gewusst, woran ich bei ihr war. Dieses Händchenhalten zum Beispiel. Die Szene ging mir nicht mehr aus dem Kopf. Vielleicht hätte ich sie einfach umarmen sollen. Und dann küssen! Zuerst ganz sanft – und wenn sie keine Gegenwehr gezeigt hätte, noch ein bisschen leidenschaftlicher. Wie in einem Liebesfilm. Da überlegten sie auch nicht wochenlang. Vielleicht hatte sie sogar darauf gewartet, dass ich sie küsste. Aber hätte *ich* das überhaupt gewollt? War ich schon so weit? Ein Mädchen zu küssen setzt voraus, dass man es liebt. Liebte ich Jenny? Liebte ich sie so wie früher? Puh! Ich stellte mir vor, ich stünde auf einem hohen Berg und brüllte die Frage hinaus: LIEBE ICH JENNY? Und dann käme die Antwort als Echo zurück ...

LIEBE ICH JENNY?

Doch nicht einmal auf die Fantasie war Verlass. Das Einzige, das widerhallte, war die Frage selbst: LIEBE ICH JENNY? ... ICH JENNY? ... JENNY?

Daraufhin malte ich mir aus, wie es wäre, wenn ich sie küsste und was ich bei der Vorstellung empfand. Drehte sich mir der Magen um oder könnte ich mich an das Bild gewöhnen? Ich kannte keine Hemmungen und gab Jenny gleich mehrere feurige Küsse auf den Mund. Mir wurde nicht ein einziges Mal schlecht. Und trotzdem fühlte ich mich nicht so recht wohl in meiner Haut. Würde es jemals so wie früher werden?

Möchtest du das denn?

Weiß nicht, ich glaub schon.

Geht's vielleicht ein bisschen genauer?

Na ja, man könnte es ja mal probieren.

Was machst du dann noch hier? Lauf rüber und rede mit ihr!

Reden? Worüber?

Übers Wetter bestimmt nicht!

Und wenn sie mich ansteckt?

Mann, dann bleib doch bis an dein Lebensende solo!

Ich gehe ja schon! Aber Blumen bringe ich ihr keine mit!

Blumen? Wie kam ich auf Blumen? Und warum eigentlich nicht? Silke hatte genug davon im Garten. Ich schnappte mir ein Küchenmesser, ging damit raus in den Garten und schnitt ein paar Blumen ab. Ich nehme an, es waren Tulpen. Zumindest waren sie gelb und hatten einen Kelch. Oder waren es Nelken?

Ich brachte das Messer zurück in die Küche und marschierte mit den Blumen zu Jenny. Kaum stand ich vor ihrer Haustür, wäre ich am liebsten wieder getürmt. Ich kam mir auf einmal unwahrscheinlich blöd vor mit den Blumen. Wenn sich das herumsprach. Dann war ich für alle Zeiten erledigt. Alle Welt würde sich über mich lustig machen. Was für grässliche Aussichten.

In diesem Augenblick wurde die Tür aufgerissen. Julian, der ins Freie stürmen wollte, blieb erschrocken stehen, fing sich aber gleich wieder, als er erkannte, dass ich kein Einbrecher war.

»Ähm, ist Jenny da?«, stammelte ich und versteckte die Blumen hinter meinem Rücken.

»Jenny ist krank«, antwortete Julian.

»Ja, weiß ich«, entgegnete ich etwas ungeduldig. »Warum fragst du dann, wo sie ist?«

Er hatte erst zwei Sätze gesagt und schon fing der Blödmann wieder an mich zu nerven. »Hätte ja sein können, dass sie beim Arzt ist«, sagte ich.

»Jenny liegt im Bett.«

Ich wollte mich an ihm vorbeizwängen, und zwar so, dass er die Blumen nicht sah.

»Was hast du da?«, fragte er in dem Moment.

»Nichts!«, antwortete ich.

Doch dem Blödmann blieb nichts verborgen. Schlimmer als der Geheimdienst. »Sind die Blumen für Jenny?«

»Welche Blumen?«

»Na, die hinter deinem Rücken!«

»Ach, die!«, stammelte ich. »Die sind von Silke für Carmen.«

»Ich bringe sie zu Mama«, bot Julian sich an.

»Nicht nötig«, sagte ich. »Ich soll sie ihr selbst überbringen.«

»Mama!«, rief er plötzlich und wollte schon los, um mich anzukündigen.

Ich hielt den Blödmann fest. »Stopp!«, sagte ich. »Leonie wartet auf dich! Sie will dir etwas zeigen.« Das stimmte natürlich nicht, aber ich hatte die Hoffnung, er würde darauf anspringen. Tat er auch.

»Was denn?«, fragte er und machte Augen, als rechnete er mit einem geheimen Schatz.

»Hat sie mir nicht verraten! Du musst dich aber beeilen, sonst ist sie weg. Sie hat noch einen Termin bei ihrem Friseur.« Hatte sie natürlich nicht. Leonie war noch nie in ihrem Leben beim Friseur gewesen.

Julian preschte auf der Stelle los.

Die erste Hürde war genommen. Die zweite, Carmen, ließ sich erst gar nicht blicken, so dass ich ungestört die Treppe hochkonnte. Dann stand ich vor Jennys Tür. Ich war nervös, mein Brustkorb so eng wie ein Nadelöhr. Noch hätte ich umkehren können.

Das ziehst du jetzt durch, du Feigling!

Ich schluckte einmal kräftig und klopfte an.

Keine Reaktion.

Vielleicht schlief ja Jenny gerade. Besser, ich störte sie jetzt nicht.

Vielleicht hat sie es nur nicht gehört, weil du so leise angeklopft hast!

Ist ja gut!

Poch! Poch!

»Lass das, Julian!«, hörte ich auf einmal Jennys Stimme. »Du nervst!«

Sie hielt mich für Julian. Na, klasse! Da konnte ich genauso gut gehen.

Wehe, du Feigling!

O Mann, wie schön wäre es jetzt in meinem Zimmer gewesen.

Geh doch rüber – wenn du weiter von deinen Gedanken zerfressen werden willst.

Mein innerer Widerstand bröckelte. Ich öffnete zaghaft die Tür und steckte den Kopf durch den Spalt. »Ähm, ich bin's!«, krächzte ich.

Jenny lag in ihrem Bett. »Finn!«, rief sie hocherfreut.

Meine Glückshormone fingen augenblicklich an zu rappen. Yeah, hier ist Mister Fantastic, so bombastic! Ich glaubte zu schweben, als sich das Leben wieder einmal von seiner grausamsten Seite zeigte. Jenny hatte Besuch. Von Melli! Ich landete härter auf dem Boden als ein Granitblock. Melli! Ausgerechnet jetzt! Wo ich Jenny die Blumen überbringen wollte. Noch hatte sie keiner sehen können und so ließ ich sie hinter meinem Rücken.

»Komm doch rein!«, forderte mich Jenny auf.

Garantiert nicht mit den Blumen in der Hand. Um mich dann dem Gespött von Melli auszusetzen. Nein, danke. Ich musste die verdammten Blumen loswerden. Aber wie? Wie kommt man aus der Höhle des Löwen, wenn der Kopf schon halb in seinem Rachen steckt? »Oh, sorry«, stammelte ich. »Ich, ähm, muss noch mal nach unten. Ich habe vergessen meine Schuhe ausziehen. Bin gleich zurück!«

Zack!, war die Tür zu. Ich nichts wie runter und mich umgeblickt, wo ich die idiotischen Blumen hintun konnte. Am besten, ich versteckte sie unter der Kommode. Ich fand die Idee mindestens hundert Punkte wert und kniete mich hin, als auf einmal Carmen auftauchte.

»Hallo, Finn!«, begrüßte sie mich. »Hast du etwas verloren?«

»Ähm, nein!«, stammelte ich. »Ich wollte nur meine Schuhe ausziehen.«

»Oh, du hast Blumen mitgebracht?«, lächelte sie. »Da wird sich Jenny aber freuen.«

Ich konnte es nicht fassen. Was hatte ich getan, dass die Götter mich so straften?

»Die sind für dich!«, räusperte ich mich. »Von Silke.«

»Die sind aber schön«, sagte Carmen. »Weißt du was? Ich tue die Blumen in eine Vase, dann bringst du sie rauf zu Jenny und sagst, sie wären von dir. Was hältst du davon?«

Was mich etwas verwirrte, war dieses wissende Lächeln in ihrem Gesicht »Prima Idee!«, antwortete ich und wünschte mich auf die Rückseite des Mondes.

Carmen verschwand mit den Blumen in der Küche. Um sich zu verdrücken, war es zu spät, so viel war schon mal klar. Trotzdem musste etwas geschehen. Am besten verzog ich mich wieder nach oben, bevor Carmen mit den Blumen zurückkam. Ich zog hastig die Schuhe aus und stapfte die Treppen hinauf.

»Guck mal, was ich habe!«, sagte Jenny und hielt mir stolz ihr Handy entgegen.

»Ey, stark!«, entgegnete ich.

»Hat mir Mama heute mitgebracht«, sagte Jenny.

Da Melli den einzigen Stuhl in Beschlag genommen hatte, hockte ich mich auf den Boden und lehnte mich mit dem Rücken an den Schreibtisch.

»Mellis Nummer habe ich schon gespeichert«, sagte Jenny. »Jetzt brauche ich noch deine.«

Ich nannte sie ihr, so dass Jenny sie speichern konnte. Das Gleiche tat ich mit ihrer Nummer auf meinem Handy, das ich seit langem mal wieder bei mir hatte. Jenny grinste und tippte erneut auf den Tasten herum. Als sie damit fertig war, meldete sich mein Handy.

Jenny kicherte. Ich konnte mir schon denken, warum. Sie hatte mir ihre erste SMS geschickt:

Schön, dass du gekommen bist,

las ich von meinem Display ab.

Meine Antwort ließ nicht lange auf sich warten:

Ist doch selbstverständlich.

Jenny lächelte mich an. Meine Kopfhaut juckte, als feierten Billionen von Läusen ein rauschendes Fest. Merkte Melli nicht, dass sie störte?

Plötzlich kam Carmen mit den Blumen herein. »Da steckst du!«, meinte sie zu mir.

Und ich Narr hatte gedacht, ich wäre noch mal mit einem blauen Auge davongekommen. Daran erkennt man wieder, wie dicht Hoffnung und Selbsttäuschung beeinander liegen.

»Die Blumen hat dir Finn mitgebracht«, sagte Carmen. »Nicht wahr, Finn? Ich habe sie nur in eine Vase gestellt.« Carmen stellte die Vase auf die Fensterbank und schon war sie wieder draußen.

Melli musste natürlich kichern. Hätte ich mich doch nur um einen Flug zum Mond bemüht.

»Danke!«, sagte Jenny und strahlte.

Ihr Strahlen machte die Peinlichkeit keineswegs wett.

»War die Idee von Silke«, behauptete ich. »Mütter! Du weißt ja!« Dabei verdrehte ich schicksalsergeben die Augen.

Ein Schatten huschte über Jennys Lächeln.

JENNY Da hatte ich nun geglaubt, Finn hätte endlich mal eine tolle Idee, und dann erweist sich das Ganze als Flop. Er hätte wenigstens so tun können, als wären die Blumen von ihm. Was wäre schon dabei gewesen? Männer! Ich war ziemlich enttäuscht. Er muss es wohl auch gemerkt haben, zumal ich nicht sonderlich redselig war. Wahrscheinlich ist er deswegen so früh gegangen. Vielleicht hat ihn auch die Anwesenheit von Melli gestört. Ich hätte ihn natürlich bitten können, dass er noch ein bisschen bleiben möge, doch irgendwie konnte ich mich nicht dazu durchringen. Dennoch war ich traurig, dass er ging. Ich fürchte, ich werde die Männer nie verstehen.

Das Herz irrt nie

FINN Jenny war am nächsten Tag wieder fit. Auf dem Weg zur Bushaltestelle taten wir so, als wäre nichts geschehen, als hätte es keine Blumen gegeben, aber auch keine Kanutour. Unser Verhältnis war so steril wie der OP in einem Krankenhaus. Es passierte nichts, jedenfalls nichts Aufregendes. Kein Kuss. Keine Umarmung. Kein Flirt. Keine neckischen Bemerkungen. Gut, das war auch nicht unbedingt zu erwarten gewesen nach dem etwas misslungenen Krankenbesuch. Trotzdem nervte es mich, dass wir praktisch auf der Stelle traten, was Jenny und mich betraf. Waren wir nun wieder ein Paar oder nicht? Es war an der Zeit, dass wir darüber redeten. Aber wie so oft kriegte ich im entscheidenden Moment den Mund nicht auf. Auf diese Weise vergab ich gleich mehrere Chancen und jetzt war ich auch noch gut vierzig Kilometer von ihr weg – im Fußballcamp beim OSC, wo wir am Abend zuvor angekommen waren.

Die ganze Nacht hatte ich von Jenny geträumt und von den verpassten Chancen. Möglicherweise war dies auch der Grund, weshalb ich am Morgen so mürrisch war. Ich fragte mich ernsthaft, was ich hier eigentlich zu suchen hatte. Fußball spielen, klar, das Turnier gewinnen wie im letzten Jahr. Merkwürdigerweise war ich auf die Titelverteidigung kein bisschen heiß, im Gegensatz zu Reinhold, unserem Trainer, und den anderen aus meiner Mannschaft. Vor dem ersten Spiel erklärte uns Reinhold noch einmal die Taktik: hinten dicht machen und vorne nicht lange fackeln. Raffael bläute er ein, dass Fußball ein Mannschaftssport sei, er also gefälligst den Ball abgeben solle, wenn ein anderer eine bessere Möglichkeit hätte, ein Tor zu schießen. Von Daniel verlangte er ein bisschen mehr Einsatz im Zweikampf. Zu mir meinte er, dass ich mich besser nach hinten als nach vorne orientieren solle. Umgekehrt wäre es mir lieber gewesen. Ich muckte aber nicht auf.

JENNY Silke war auf der Terrasse und räumte gerade den Frühstückstisch ab.

»Ist Finn da?«, fragte ich sie. Ich hatte auf einmal Lust gehabt, etwas mit ihm zu unternehmen.

»Finn ist beim Fußballturnier«, antwortete Silke. »Hat er dir das nicht erzählt?«

Ich war wie geschockt. »Nein«, antwortete ich.

»Er kommt erst morgen wieder zurück«, sagte Silke.

»Schade«, sagte ich niedergeschlagen. Dann kam

mir ein Gedanke, der den Tag doch noch retten könnte. Niemand konnte mich daran hindern, zum Fußballplatz zu fahren und Finn beim Spielen zuzugucken. Leider fand das Turnier ganz woanders statt. Wo genau, konnte Silke nicht sagen, nur dass es so weit weg war, dass Finn für mich unerreichbar blieb.

»Ich verstehe nicht, dass er dir das nicht erzählt hat«, meinte Silke. »Oder habt ihr euch wieder gestritten?«

»Nicht dass ich wüsste«, antwortete ich wahrheitsgemäß.

»Wie läuft es denn zwischen euch?«, wollte Silke auf einmal wissen.

Was sollte ich darauf antworten? Ich hatte ja selbst keine Ahnung, wie es lief. »Gut!«, antwortete ich.

»Glücklich und zufrieden?« Manchmal konnte Silke ganz schön direkt sein, aber bei ihr störte mich das nicht im Geringsten.

Ich musste an das Rätsel denken. »Jedenfalls nicht unglücklich«, drückte ich mich um eine klare Antwort.

Silke lächelte. »Ihr werdet das schon schaffen«, machte sie mir Mut und stellte die Butter auf das Tablett.

Ich kämpfte kurz mit mir, ob ich ihr das, was mir auf der Zunge lag, sagen oder für mich behalten sollte. Doch die Versuchung war einfach zu groß. »Danke übrigens für die Blumen.«

»Was für Blumen?«, fragte Silke. Die Überraschung auf ihrem Gesicht schien nicht einmal gespielt zu sein.

»Na, die Blumen, die du Finn gegeben hast, damit er sie mir schenkt«, erklärte ich.

»Ich weiß jetzt wirklich nicht, wovon du sprichst«, entgegnete Silke.

Ich wurde unsicher. Schauspielerte sie nun oder schauspielerte sie nicht? Also holte ich etwas weiter aus. »Als ich krank gewesen bin, hat Finn mich besucht und mir Blumen mitgebracht. Ich dachte natürlich, sie wären von ihm. Er sagte aber, du hättest sie ihm mitgegeben, damit er sie mir schenkt.«

»Dieser Kerl!«, lachte Silke. »Zu feige, um zuzugeben, dass die Blumen von ihm sind!«

»Dann hast du nichts damit zu tun?«

»Nicht die Spur!«, antwortete Silke.

Ich glaubte ihr. Juhu! Die Blumen waren von Finn! Plötzlich sah die Welt schon wieder viel schöner aus. Ich hätte tanzen können vor Glück.

»Jungs sind manchmal ganz schön dumm, nicht wahr?«, sagte Silke und schmunzelte.

Ja, das sind sie. Entsetzlich dumm sogar. Ganz besonders der eine.

FINN Ich stand auf dem Platz und trauerte den verpassten Chancen nach. Nicht den Torchancen, sondern den zahlreichen Chancen, mit Jenny über unsere Situation zu reden, darüber, wie es nun mit uns weitergehen sollte. Die Zeit lief mir davon und das bereitete mir große Sorgen. Am liebsten wäre ich zu Reinhold, um ihn zu bitten, ob er mich nicht mal kurz nach Hause fahren könnte, weil ich dringend etwas zu klären hätte. Danach stünde ich der Mannschaft wieder gern zur Verfügung.

Solche und ähnliche Dinge beschäftigten mich, als Raffael mal wieder allein durch die gegnerische Abwehr wollte und den Ball verlor. Der Konter wurde blitzschnell herausgespielt. Keiner von uns rannte hinterher. Ich stand kurz vorm Strafraum und dachte mir nichts dabei, als der Typ vom TSV direkt auf mich zustürmte. Ich nahm ihn nicht einmal wahr. Wie das so ist, wenn Körper und Geist getrennte Wege gehen.

»Greif an!«, schrie Reinhold. »Greif an!«

Das war ungefähr der Zeitpunkt, wo ich die Situation zu erfassen glaubte.

»Greif an!«

Ich erwachte und bekam gerade noch mit, wie der Angreifer mich tunnelte. Nun gibt es im Fußball nichts Grässlicheres als von seinem Gegner auf diese Weise ausgetrickst zu werden. Es ist das Demütigendste, das einem Fußballer zustoßen kann. Noch aber war die Knalltüte nicht ganz an mir vorbei, da fiel er doch glatt über mein ausgestrecktes Bein. Es war mehr ein Reflex gewesen, ein spontaner, verzweifelter Versuch, den Schaden beziehungsweise den beißenden Spott, der von den lieben Kameraden und von Reinhold zu erwarten war, in Grenzen zu halten.

Der schrille Pfiff des Schiedsrichters blieb natürlich nicht aus. Elfmeter! Nicht nur das, ich flog für fünf Minuten vom Platz.

»Was ist los mit dir? Du pennst mitten im Spiel!«, meckerte mich Reinhold an.

Ich hätte ihm jetzt erzählen können, dass ich eigentlich voll bei der Sache war, nur dass die Sache mit Fußball herzlich wenig zu tun hatte, genau genommen hatte sie überhaupt nichts mit Fußball zu tun. Doch Reinhold hätte dafür mit Sicherheit kein Verständnis gehabt, also behielt ich die Gedanken für mich.

Der Gefoulte trat selbst zum Strafstoß an. Reinhold gab Svenni, unserem Torhüter, ein Zeichen, dass er sich auf die linke Ecke konzentrieren soll. Die Knalltüte vom TSV holte Anlauf und drosch den Ball aufs Tor. Svenni hechtete in die linke Ecke, der Ball aber landete rechts im Netz. Die TSVler jubelten, als hätten sie das Spiel bereits gewonnen. Svenni rappelte sich auf und blickte etwas ratlos zum Trainer. Der tat so, als könne er sich an nichts erinnern.

»Los, Leute, lasst den Kopf nicht hängen! Kämpft!«, trieb Reinhold seine Mannschaft an.

Und sie kämpfte nicht schlecht. Obwohl ich meine Strafe abgesessen hatte, wechselte mich Reinhold nicht mehr ein. Mir war es egal. So konnte ich wenigstens meinen Gedanken nachhängen, was auch keine leichte Aufgabe war.

Dank Raffael besiegten wir die Flaschen vom TSV mit drei zu zwei. Die Chancen standen also nicht schlecht, dass wir den Pokal erneut mit nach Hause nahmen. Doch jetzt war erst mal Mittagspause. Wir aßen Erbsensuppe mit Würstchen. Danach hatten wir eine Stunde Freizeit. Am besten, ich zog mich für eine Weile zurück und sortierte meine Gedanken. Vielleicht fand ich dann wieder zu meiner alten Form zurück. Das Problem war nur, dass ich das Gefühl hatte, am falschen Ort zu sein. Ich kam mir völlig überflüssig vor.

Nicht weil die Mannschaft mich nicht gebraucht hätte. Ich würde ihr nur nicht das geben können, was sie von mir erwartete. Ich würde sie enttäuschen. Wie ich Jenny enttäuscht hatte oder wie man das auch immer bezeichnen mag. O Mann, was war los mit mir? Steckte ich etwa mitten in meiner ersten Lebenskrise? Als hätte ich nicht schon Probleme genug, kreuzte auch noch Raffael auf.

»Als Nächstes spielen wir gegen den VfB!«, sagte er.

Er konnte nicht ahnen, wie egal mir das war.

»Die haben mehr drauf als die Chaoten vom TSV. Wenn wir die vom Platz fegen, kommen wir ins Finale!«

»Wenn du meinst«, sagte ich gleichgültig.

»Dann ist der Pokal unser!«, tönte Raffael.

»Klar!«, entgegnete ich höhnisch.

»Du glaubst wohl nicht daran?«, fragte Raffael etwas irritiert.

»Ich glaube nur, was ich sehe«, antwortete ich.

»Mit der Einstellung kriegst du nicht mal einen Vertrag für die Verbandsliga.«

»Na und?«, entgegnete ich ungerührt. »Es gibt Wichtigeres im Leben als Fußball!«

Raffael guckte mich entgeistert an. Für einen, in dessen Brust ein Lederball schlug, eine ganz typische Reaktion. »Wichtigeres als Fußball?«, wiederholte er fassungslos. »Was denn zum Beispiel?«

»Zum Beispiel ... Gesundheit!«, antwortete ich, obwohl es natürlich nicht exakt das war, woran ich gedacht hatte.

»Ich bin gesund«, antwortete Raffael.

»Du hast es gut«, sagte ich.

»Wieso? Bist du etwa krank?«, erkundigte er sich.

»Kann man wohl sagen«, antwortete ich. »Oder warum, glaubst du, spiele ich heute solch einen Schrott zusammen?«

»Was hast du denn? Die Pest am rechten Fuß?« Raffael lachte blöd.

»Schlimmer!«, entgegnete ich in Friedhofsstimmung. »Etwas stimmt nicht mit meinem Herzen.«

Raffael starrte mich ungläubig an.

»Ist so!«, beharrte ich.

Wo vorher bei Raffael ein Grinsen war, machte sich jetzt Betroffenheit breit. »Seit wann?«

Gute Frage. Wann waren Jenny und ich ausgezogen? »Seit fünf, sechs Wochen«, antwortete ich.

»Was sagt der Arzt?«, fragte Raffael.

»Der Arzt ist machtlos.«

»Sag bloß, du musst operiert werden?« Es schien, als würde Raffael sich echte Sorgen um mich machen. Den Zug kannte ich noch gar nicht an ihm.

»Da nützt auch keine Operation.«

»Klingt fast, als wärst du unheilbar krank«, meinte Raffael.

»Ja, sieht fast so aus«, bestätigte ich.

»O Mann!«

»Tu mir bitte einen Gefallen«, sagte ich.

»Ja?«

»Erzähl den anderen nichts davon. Ich kann jetzt in der Phase echt kein Mitleid gebrauchen.«

»Klar!«, entgegnete Raffael verständnisvoll. »Ich werde schweigen wie ein Grab, ähm, ich meine, du kannst dich auf mich verlassen.«

Wir standen betreten da wie auf einer Beerdigung.

»Na ja«, unterbrach ich die andächtige Stille. »Vielleicht geschieht ja noch ein Wunder.«

»Bestimmt!«, schöpfte auch Raffael wieder Hoffnung.

Dann kam mir eine Idee. Wozu brauchte ich ein Wunder, wenn ich stolzer Besitzer eines Handys war? Ich ließ Raffael einfach stehen, marschierte zu unserem Zelt, kramte in der Sporttasche nach meinem Handy, wo es eigentlich nichts zu suchen hatte, weil wir von Reinhold angewiesen worden waren die Dinger zu Hause zu lassen, tippte eine SMS in die Tasten und schickte die Nachricht an Jenny.

Die SMS hieß:

Ich vermisse dich!
DdIF